U0164483

給孩子的歷史地理

給孩子系列

北島　主編

給孩子的歷史地理

唐曉峰　著

中文大學出版社

■ 給孩子系列　北島主編

《給孩子的歷史地理》
　唐曉峰　著

© 香港中文大學 2018

本書中文繁體版由傳世活字（北京）文化有限公司
授權出版。

國際統一書號 (ISBN)：978-988-237-076-0 (精裝)
國際統一書號 (ISBN)：978-988-237-077-7 (平裝)

出版：中文大學出版社
　　　香港 新界 沙田・香港中文大學
　　　傳真：+852 2603 7355
　　　電郵：cup@cuhk.edu.hk
　　　網址：www.chineseupress.com

■ FOR YOUNG READERS SERIES　EDITED BY BEI DAO

Historical Geography for Children (in Chinese)
　By Tang Xiaofeng

© The Chinese University of Hong Kong 2018
All Rights Reserved.

ISBN: 978-988-237-076-0　(hardcover)
ISBN: 978-988-237-077-7　(paperback)

This traditional Chinese edition is authorized by Moveable
Type Legacy (Beijing) Co. Ltd.

Published by The Chinese University Press
　　　　　The Chinese University of Hong Kong
　　　　　Sha Tin, N.T., Hong Kong
　　　　　Fax: +852 2603 7355
　　　　　Email: cup@cuhk.edu.hk
　　　　　Website: www.chineseupress.com

Printed in Hong Kong

目　錄

序　言

北島建議我寫一本給孩子們讀的歷史地理的書。

給孩子講一般地理的書很多，專講歷史地理的書還沒有，所以北島的建議是一個新鮮的想法。但是怎麼寫，卻有些費心思。幸好過去幾年，我曾經為地理雜誌寫過一些輕鬆的隨筆，那就順着這個路子來吧，可以再輕鬆一些。

這裏需要先介紹一下甚麼是歷史地理學。自打我做了這個專業，就不斷有人問：「甚麼是歷史地理？是歷史加地理嗎？」他們接着感嘆：「你又懂歷史，又懂地理，真不容易！」他們講的不大對，但我們就從這裏開始說起吧。

在專業上的說法是：研究歷史時期的地理問題，就是歷史地理學，可以研究歷史時期的自然地理，也可以研究歷史時期的人文地理，在學科屬性上，是地理學。這其實很簡單。

不過，「歷史加地理」這個直觀的說法也不是不能用，要看怎麼加，要加得合適。比方說，衛青北征匈奴，這是歷史；朔方郡、陰山山脈，這些是地理，把它

們加在一起，形成了一個題目：衞青大軍北征的路線。這是加得合適。再比如，唐代幽州城（在今北京），是地理；安史之亂，是歷史，這兩者也可以加起來，説明安祿山起兵的位置。其實，許多歷史事件都應該把地理加上，加上了，問題才完整，才更明白。如果能對歷史事件、歷史知識都認真地加問一個地理問題，那是個好習慣。比如讀鴻門宴的故事，可以問，鴻門在哪裏？背〈登鸛雀樓〉的詩句「白日依山盡，黃河入海流」，一定要問，鸛雀樓在哪裏？

當然，有些大歷史事件是很複雜的，那麼與其相關聯的地理問題也是很複雜的。比如王安石變法，這個變法不是只在朝堂上做紙上文章，還要推到社會上去，於是地理問題就來了。王安石的新法，有些是要依照地區因地制宜的，不可能全國都一樣。比如方田均税法，能全面實行的不過是五個地勢平緩的路（「路」是當時一種行政管理的區域），而均輸法也只限於經濟發達的東南六路。當時有很多人反對變法，也從地理上挑剔王安石。比如王安石要利用洪水淤田，反對派就問：那淤出的土田薄厚不均怎麼辦？王安石支持把湖水排乾擴充田地的辦法，反對派就挖苦諷刺説：那還要另開一個湖泊存水喲！（意思是，這邊把湖水排乾得了田地，那邊又把田地淹水變成湖泊，這不是跟原來一樣嘛。）大大小小的地理問題在歷史中差不多是無處不在。

再介紹一下地理問題的研究特點。人們常用「地理知識」來理解地理學，好像地理就是知識。其實，地理不光

是知識。地理這個詞中還有一個「理」字，地理還要講道理。甚麼是地理中的道理？這是很複雜的問題，但有一條很重要，簡單說，就是能判斷地利與地不利。諸葛亮與馬謖雖然都有關於街亭的地理知識，但對地利的判斷不一樣，結果大為不同。

另外，地利是複雜的，不是永恆不變的。比如：西漢的首都長安在關中，東漢卻把首都改在了洛陽。當初劉邦也想把首都放在洛陽，但是張良把關中的地利一說，劉邦就變卦了。可劉秀為甚麼就不認同當年張良說的地利了呢？而到了隋朝、唐朝，又把首都放在了長安。他們變來變去的原因是甚麼？要把這個地理問題講明白，就不是幾句話的事情了。

最後再說一點，地理的問題都在地上嗎？回答：地理的問題離不開地，但不是都在地上，還有一部分在人的腦子裏。例如「街亭軍事地理」這個問題，一部分是街亭的地貌地形，而另一部分，而且是更關鍵的部分，是在諸葛亮與馬謖的腦子裏。再舉一個例子，修建城市，中國人喜歡修成方形的，可歐洲歷史上的大城市卻沒有方的，這裏面的原因不在地上，也不是技術問題，而是思想問題。歐洲人一般不認為城市應該有一個整齊的輪廓，即使要有，也不是方的，而是圓的，文藝復興時期的理想主義者們，就設計過圓形城市。而古代中國人相信天圓地方，只有修建代表天的建築時，才採用圓的形狀，比如北京的天壇。

簡單說，大地之上、環境之中的事物形形色色，是

地理素材，須要由人腦提煉成系統的知識，再用知識總結出道理。人腦在這個過程中是要費一番氣力的。在地理學研究中，關注人腦這個部分的，屬於地理學思想研究。

這本書裏的內容，是歷史地理知識與道理（包括思想）的結合，為的是幫助讀者從歷史的角度認識我們腳下的這片大地，以及祖先與這片大地的關係。哪些是知識，哪些是道理，怎樣用知識安排出道理，希望讀者判斷。如果能夠把我說的東西加以修正、延伸、提高，那就更好了。

這本書的編寫工作，不是我一個人做的，地圖是由劉梅、吳艷輝、劉晶、趙欣幫助編繪的，孫偉忠、汪家明、秦嶺提供了一些珍貴的照片，老朋友周尚意、李心宇、辛德勇也來幫忙。沒有他們的協作，這本書是出不來的。

唐曉峰

2017年2月16日於五道口嘉園

一

文明的空間

從地理學的視角觀察文明發展這件大事，就是要從空間上進行認識，識別出文明的核心區和文明的地理範圍。形成文明的核心地區，可以稱為文明的搖籃。文明搖籃在孕育文化的時候，一方面是依靠本地原生文化要素的發展，另一方面是對四面八方文化要素的吸納。

　　文明核心區還有一個特點，它不僅吸納四方的文化要素，也具有向四方傳播文化要素的發散力量。它是動態的文化核心區。

　　在中國，一般的説法，黃河中下游地區，主要是陝西中部、山西南部、河南北部、山東西部這四省橫向 (東西向) 接續相連的地理區域，就是華夏文明的搖籃。

華夏文明，六大源地

　　我們一般說黃河中下游地區是華夏文明的搖籃，這是指文明初期發展的情形。如果再向早期追溯，這個搖籃又是由多個更早的原始文化源地共同凝聚而成的。在地理空間中，有一個從分散到集中的歷史演變過程。

　　這是新石器時代的文化區域分佈圖（圖 1.1），可以算作我國最早的一幅宏觀人文地理地圖。

　　圖上表示的是六個新石器時代文化地區的分佈形勢。這六大地區是考古學家蘇秉琦（1909–1997）總結出來的。它們分別是：以燕山南北長城地帶為中心的北方地區；以關中（陝西）、晉南、豫西為中心的中原地區；以山東為中心的東方地區；以環太湖為中心的東南部地區；以環洞庭湖與四川盆地為中心的西南部地區；以鄱陽湖—珠江三角洲一線為中軸的南方地區。

　　在新石器時代，即在華夏文明形成之前的那個遙遠的時代，在這六個地區，都有了不起的原始文化成就，它們有不同的背景（生態條件），不同的前景（向文明進化的程度），但最終共同融入了華夏文明。就自身來講，它們是自成系統的文化區域，但就華夏文明的大局來講，它們又是基礎性的文化源地。

　　在東北地區最著名的原始文化是紅山文化，紅山文

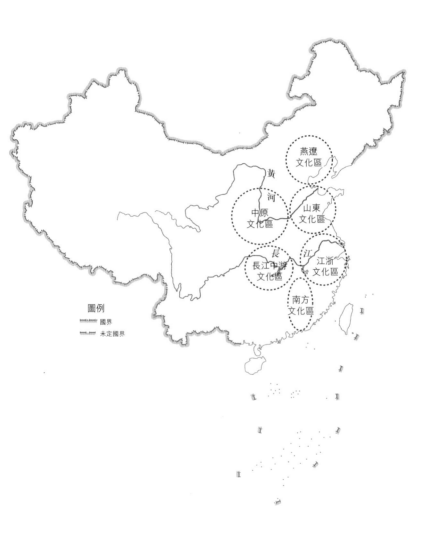

圖1.1 考古學上的六大原始文化區示意圖

化代表的是五六千年前已經從事簡單農業生產活動的人類群體，他們建築村落，種植莊稼，飼養牲畜，還從事藝術活動。紅山文化中有很精美的玉器，有的玉器被雕刻成龍的形狀，不過龍的嘴像豬嘴的樣子，人們叫它「豬龍」（圖1.2）。

龍為甚麼會有豬嘴？或許在歷史上東北這個地方的人比較重視豬，關於這一點，有一早一晚兩頭的證據。豬龍是早期證據，晚期的證據見於滿族的習俗。滿族重視豬，有用豬祭祀的高等級典禮，清朝皇宮裏面還有煮豬做祭祀活動的大鍋（在坤寧宮）。這只是一個推測。不管怎麼樣，豬在當時一定具有特殊意義，所以在早期龍（神聖性的動物）的形象上出現了一個豬嘴。

在黃河中下游地區的原始人群的文化也已經發展到了很高的程度，他們可以修建較大的村落，製作美麗的彩陶。我們熟知的這一地區的考古文化有仰韶文化、廟底溝文化等。在河南濮陽的一座原始墓葬中，曾發現龍與虎的圖形（圖1.3），那是由貝殼拼成的。這一圖形讓我們想到後來在華夏文明中盛行的青龍白虎。

在這個地區，還有一個時代稍晚的考古學文化，它代表的是原始社會晚期，或者説是文明社會初期的文化面貌。在地理上，這個文化以山西省襄汾縣陶寺村為中心，所以稱為陶寺文化。

看一下圖1.4，這是一個深盤，或者淺盆，叫盤子深了一點兒，叫盆淺了一點兒，不管怎樣，它是一件容器。這件容器是先民在四千多年前使用過的，就出土於陶寺遺

圖1.2 豬龍

圖1.3 在濮陽地區發現的原始墓葬中的龍虎圖形

圖 1.4 陶寺遺址出土的龍盤

圖 1.5 北京大學震旦古代文明
研究中心標誌圖案

址。如果是單純的容器，沒有甚麼可注意的，但這件容器上有一幅圖案，所以，它可以用來盛食物，但又不僅僅是盛食物用的，實用器上畫了一些東西，就增加了它的文化內涵。

上面畫的東西像蛇，考古學家寧願叫它龍。如果真是龍，意義就很大了。我們知道，龍的符號在中國古代文明中很重要，考古學家推斷它是中國龍的起源圖形之一。原始時代的龍，在別的地方也有，上面說過，在東北的紅山文化中也發現像龍的造型。

在陶寺遺址發現的龍的圖形很受重視，它已經成為中國早期文明起源的符號。北京大學震旦古代文明研究中心的標誌 (logo)，就是這個龍盤 (圖 1.5)。

在文明起源問題的研究上，陶寺遺址的確很重要。

圖 1.6 陶寺遺址發現的早期石磬

圖 1.7 後來的石磬做得很精美

在那裏還發現了早期的石磬（圖 1.6），雖然很粗糙，但畢竟是件禮器，所以意義很大。我們知道，後來強盛起來的華夏文明又叫禮樂文明，石磬就是「樂」的重要器具。後來的石磬做得越來越精緻（圖 1.7）。

再看一下山東地區。山東地區有一支具有特色的原始文化，稱為大汶口文化。看這個圖形（圖 1.8），它好像是由日、月、山組成的圖案。它有甚麼含義呢？考古學家做過很多推斷，比如可能是祭祀太陽的符號，古文字學家推測它是早期的旦字。

如果它真是取自日、月、山三樣自然物的話，那麼它們的組合方式卻不是自然的。在自然界，這三樣東西不會出現這樣的關係，至少太陽和月亮不會這樣套在一起，這種組合方式是人的創造，是人的腦力把自然界的東

圖 1.8 大汶口文化中刻在陶器上的「日」、「月」、「山」圖形

西做了重新拼合，所以它象徵着人對自然界的一種理解。它的具體含義是甚麼？我們很難有一個明確的説法，但它至少表示了一種對日、月、山的崇敬心理。對日、月、山的崇敬，特別是對高山的崇拜，是後來華夏地理文化的重要特點。

在洞庭湖一帶，或者説是今天的湖南、湖北地區，有一支著名的原始文化，稱作屈家嶺文化，那裏曾發現稻作農業、建築遺址、古城址等。在四川則發現有大溪文化，它代表的是另一個原始人群。但是屈家嶺文化與大溪文化是有聯繫的，學者們還在討論他們之間聯繫的具體內容。

在東南方，杭州附近的良渚，是一個大面積原始文

圖 1.9 浙江河姆渡遺址原始房屋復原模型

化體系的核心之一。這一系原始文化主要分佈在太湖周圍以及附近的平原地區，從地理上表述，這是一個環太湖文化區。這個地區自成一個單元，其自然環境與北方不同。看一下當時的水上房屋復原圖（圖 1.9），這個房子是考古學家根據遺址復原出來的，有適應潮濕多雨的生態環境的特點。

這裏的人們製作了這樣一種造型獨特的玉器 —— 玉琮（圖 1.10）。這類器物在良渚文化中大量出現，它是做甚麼用的？是生活、生產用具嗎？不像，它是一件衣、食、住、行都用不着的東西。它的基本原材料是玉石，大的外形尺寸可以達一二十厘米，小的跟一個拇指那麼大。

圖1.10 玉琮

它的基本形狀是外方內圓，外面看是方形，裏面有圓洞貫穿上下。當時的人們反覆不斷地、不厭其煩地做同樣形狀的東西，可它又沒有實用的衣、食、住、行的功能，這引起考古學家的注意。

它的形狀是這樣一種固定的形態。不難推斷，固定的形態一定包含一個固定的思想含義。它應該是表達特定意識形態、特定信仰的一種器具。關鍵是，那是甚麼信仰？一些考古學家根據文獻資料做大膽的推斷，認為它代表天圓地方的信仰，外面是方的，裏面是圓的，象徵天圓地方。

學者們普遍認為，在名稱上，這件器物可與文獻中的琮對應。當然，在良渚文化的時候，原始人是不是一張口就唸出「琮」來，那就不知道了。「琮」多半是後來的稱呼。這類器具是不是真有天圓地方這樣偉大的含義，很難確認，這只是一種推斷。當然，知道它真正的文化內涵的，最有資格的是當初的原始人，考古學家遇到難題

時，恨不得讓墓葬中的原始人能起死回生。

不過，這件器物包含某種比較普遍的觀念，應該不會錯，否則不會做那麼多，也不會把它擺在神聖崇高的位置。玉琮後來在華夏文化中常常可以見到，人們的確用它來祭天禮地。它成為華夏文化中一項具有特殊意義的物品。

閱讀窗

文明源地崇拜

一個文明或文化在某地發源，如果它長期發展，中途沒有消亡，那麼它的源地會以傳說的形式，或史詩的形式，或族譜記載的形式，被長期保留在群體記憶中。這個源地，像他們的英雄先祖一樣，會轉化為神聖的、被崇拜的對象，成為聖地。

作為聖地，其性質已不僅僅具有自然屬性（或者優越，或者艱苦的自然環境），還被賦予了道德屬性，上升到文化的高層。它們是文化地理考察的重要對象。一個本來普通的地方，由於是文化源地而會發生意義上的質變。古代這樣的事情很多，在我們生活的當代也有，比如，井岡山、延安，它們是 20 世紀的革命聖地，因為在那裏誕生了新的更有力量的文化，左右了中國歷史的進程。這樣的文化源地當然不得了。

遠古的關於文化源地的事例已經無法知道了，下面舉一個中古時期的例子。

在中古時期，中國北方有個很強大的民族——鮮

卑。鮮卑本來很小，但吞併一些族群之後變得強大。鮮卑人本來的基地在興安嶺，壯大之後，輾轉大漠，遠徙中原，建立了強大的北魏王朝，在中國文化史上留下重要的痕跡。他們先後在大同、洛陽修建過偉大都城（今天兩地仍保存他們開鑿的雲岡石窟、龍門石窟）。

鮮卑人強大以後，並沒有忘記自己的文化源地，沒有忘記興安嶺山地。北魏王室曾派遣使者返回東北深山密林，去拜祭民族起源的聖地。在那裏，有一個「舊墟石室」，即山洞，被鮮卑人（拓跋部）尊為祖廟。據《魏書·禮志一》記載，公元 443 年，鮮卑使臣曾在洞中留有祭祀聖地的題刻。今天，經考古學家調查，山洞被發現，石壁上果然刻有文字，與《魏書》中的記載大體一致。這個山洞叫嘎仙洞，嘎仙洞的發現證明了歷史記載的真實性。

北魏當時的都城平城（大同）距離這處聖地十分遙遠，但祭祀行為依然隆重，說明這個山洞對於鮮卑來說，有至高無上的意義。這是一個真實的聖地的故事。

在中國很多民族的史詩、風俗活動裏面，常常提到聖地，有的民族，在喪禮中對死者唱歌，祝願死者的靈魂能返回聖地。

文化網絡，交織而成

　　華夏文明的發展，很早就出現了一個大範圍的文化融合。進入大融合的時代，各地的文化會重新定位。著名考古學家張光直（哈佛大學人類學教授，1931–2001）認為，距今五六千年前，各區原始文化間的接觸帶已經形成，也就是說，融合已經起步。考古學家的發現顯示，在龍山文化時代，開始出現了大範圍的文化相似性。

　　張光直是這樣說的：「假如我們將大約公元前7000至前6000年期間、公元前5000年和公元前4000至前3000/2000年期間的新石器時代文化和它們的地理分佈比較一下，我們便會發現一件有意義的事實：起初，有好幾處互相分立的新石器時代文化，我們實在沒有甚麼特別的理由把這幾處文化放在一起來討論——我們所以把它們放在一起來討論是有鑒於後來的發展，但在公元前7000年時並沒有人會知道這種情況的。後來，在公元前5000年左右，有新的文化出現，而舊有的文化繼續擴張。到了約公元前4000年，我們就看見了一個會持續一千多年的有力的程序的開始，那就是這些文化彼此密切聯繫起來，而且它們有了共同的考古上的成分，這些成分把它們帶入了一個大的文化網，網內的文化相似性在質量上說比

網外的為大。到了這個時候我們便了解了為甚麼這些文化要在一起來敘述：不但它們的位置是在今天的中國的境界之內，而且因為它們便是最初的中國。」(〈中國相互作用圈與文明的形成〉，載張光直，《中國考古學論文集》。)

按照張光直的比喻，華夏文化是一幅很大的文化網，它是由各個地方的原始文化「編織」而成。編織，就是交流、融合。融合之後，出現了高一級的整體性的文化，這就是早期的華夏文明。

考古學家蘇秉琦作過一首詩，就是表達中國北方在新石器時代文化交流的情形：

> 華山玫瑰燕山龍，大青山下斝與甕。
> 汾河灣旁磬與鼓，夏商周及晉文公。

在這首詩中提到這樣幾個地方：陝西的華山、華北的燕山、內蒙古的大青山、山西的汾河。在這些地方，分別誕生了新石器時代重要的文化要素：彩陶上的花形圖案、玉龍、特型陶器(斝〔jiǎ〕、甕〔wèng〕)、禮器(磬、鼓)，它們交流匯聚，共同形成了夏商周——華夏文明的代表者的文化基礎要素。詩最後提到的晉文公，是在山西立國的古晉國最有名的國君。因為蘇秉琦是為山西召開的考古學會議所作的詩，最後用晉文公呼應了一下華夏文明在山西的歷史。

上面的詩中提到了特型陶器斝與甕，其實還有一件形態怪異的新石器時代特型陶器，它可以說明各地文化逐漸出現共同要素的情形，這就是鬲 (lì) (圖 1.11)。

圖 1.11 陶鬲

陶鬲是中國古代特有的一種炊器，樣子像三個口袋紮在一起。有考古學家推測，鬲是由一個罐子和三個尖底瓶拼合起來而形成的器物（圖 1.12）。

這種器型的好處是：三個腳，站得穩，放在火上煮食物時，它的受火面積也特別大，效率會很高。當然，在製作鬲的時候會有一點麻煩，試想，用泥巴黏捏出這個樣子，然後再放在窰裏燒，該需要怎樣細緻穩健的手法。

鬲這種器物在中國古文明中延續使用了很久，分佈的地域也很廣。發現過陶鬲的省份很多，有遼寧、河北、北京、山西、內蒙古、山東、江蘇、安徽、江西、湖南、湖北、河南、陝西、甘肅、寧夏等等，真可以說是縱橫數千里。我們說在很大的地理範圍內出現文化共同性，鬲就是一個證明。

圖 1.12 陶罐與尖底瓶

　　考古學家蘇秉琦說，鬲可以看作中國古文明代表性的化石。這種形態奇特的器物，在別的文明中，根本沒有。

　　鬲自從在新石器時代出現，一直存續了幾千年，據《孔子家語‧致思》的記載，在春秋戰國時期，魯國還有人用「瓦鬲」煮食物。瓦鬲就是陶鬲。

　　學者們形容說，用鬲這種陶器，再加上其他陶器的組合，就可以破解出中國遠古文明的秘密，看出許多問題，其中就包括大地域文明的範圍問題。鬲起源於四五千年前的新石器時期，絕跡在公元前 5 至 4 世紀之間，歷時差不多相當於中華古代文明的一半歲月。鬲是中華文明的「元老」，見證過中華古文明史漫長的早年歷程。

文明核心區的顯現

　　隨着歷史的發展，有一個地區的人們，無論在生產水平、社會組織還是思想文化上，其前進的速度都超越了其他地區的人們，這個地區逐漸成為華夏世界最先進的地帶。於是，文明核心地帶出現了。這是一個狹長的地帶，橫貫我國中部，它西起陝西寶雞，東達山東曲阜，中間包括西安、洛陽、偃師、鄭州等地。

　　這個地帶包括黃河的三條重要支流所連貫的谷地，這三條支流是：渭河、汾河、洛河（河南）（圖1.13）。一般所説的華夏文明起源於黃河流域，其實主要是在這些支流的兩岸。在這些支流的兩岸，發現了大量的考古遺址，展示了遠古時期的人們在大自然中奮力開創生活的景象。

　　更重要的是，在這個地帶，產生了最早的國家組織。國家組織的出現，是原始時代進入文明時代的重要標誌。國家組織對於文化的凝聚、推動、發展具有更強大的力量。而國家的中心，就是文化的中心，這是黃河流域成為華夏文明核心區的真正含義。

　　在黃河流域發展起來的國家組織，最早的是夏朝，隨後是商朝、周朝。經過夏商週三代，華夏文明達到了

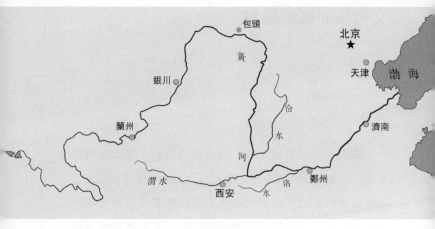

圖 1.13 黃河中下游的重要支流：渭河，汾河，洛河（河南）示意圖

高度輝煌的水平，文明之光開始在世界的東方閃耀。

隨着國家政治威權的不斷強大，黃河流域在文化上的融合力、影響發散力也不斷加強，原來的六大原始文化區，先後被強勢的華夏文化所覆蓋，並逐漸結成一個大型的文化綜合體。

在我國歷史地理中，有三大都城密集區，它們是：關中盆地、洛陽盆地、北京小平原。其中每一個地區都曾誕生過四個以上大型王朝的都城。而關中盆地、洛陽盆地是前期歷史的兩個都城密集區，正是它們構成了早期文明核心地帶中最重要的內容。

為甚麼這個地帶會成為華夏文明最先進的地區？這主要是由兩個方面的條件促成的，一個是自然環境方面的，一個是人文環境方面的。

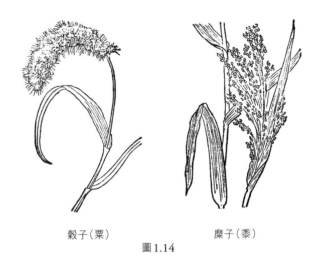

穀子（粟）　　　　　糜子（黍）

圖1.14

在自然環境方面，這裏是我國溫帶季風氣候帶的南部，降雨、氣溫、土壤等條件都可以滿足旱作農業的需求。中國北方的古代農作物，主要是一年生的粟（穀）和黍（圖1.14）。黃河中下游的自然環境為粟黍作物的種植和高產提供了得天獨厚的條件。農業生產的發達，會促進整個社會經濟的發展，從而推動社會的進步。

在人文環境方面，這裏是南北方、東西方大交流的軸心地區。在最早的六大新石器文化分佈形勢圖中可以看到，中原處於這些文化分佈的中央地帶。無論是考古發現還是歷史傳說，都有南北文化長距離交流、東西文化相互碰撞的證據。中原地區在空間上恰恰位居中心，成為信息最發達、眼界最寬廣、活動最繁忙、競爭最激烈的地方。正是這些活動，推動了各項人文事務的發展，

文明的方方面面就是在處理各類事務的過程中被開創出來的。

　　在華夏文明綜合體的發展中，我們還看到更大範圍的文化融合現象。有些重要的文化特質來自更遙遠的地區。例如西北部的大草原和綠洲地帶都是文化通道，中亞的一些文化要素很早便傳到中原，形成華夏文化的基本內容。

中國的「兩河文明」

近幾十年來，在長江流域發現了不少重要的新石器時代、銅器時代的考古遺址。於是，有人借用一個老詞兒，稱中國的上古歷史是又一個「兩河文明」。

中國的「兩河」，比原來常說的「兩河」即西亞的幼發拉底河與底格里斯河，要長得多大得多，兩岸也遼闊得多。中國的「兩河文明」需另有個説法。

幼發拉底河與底格里斯河在歷史上由蘇美爾等古老文明發祥，兩河合力澆灌，從而養育出燦爛的文明成就。兩條河在人文發展上有明顯的「一體化」特點。

中國的黃河、長江，在養育早期文明方面，很難說有過一體化。兩條河流距離遙遠，黃河流域的仰韶文化、龍山文化與長江流域的新石器文化不同，是兩大類各自成長的原始文化，互不統屬。即使到了銅器時代，黃河流域與長江流域的政治關係也不是那麼清楚。最早在甚麼時候開始共尊一個王權，還是個尚待研究的問題。不過顯而易見的一點是，黃河、長江的統一比西亞那「兩河」的統一要難得多，也偉大得多。

在中國早期國家階段，所知力量最大的王權，即夏朝和商朝，都在黃河流域。黃河流域的夏王權勢力是否

圖1.15 盤龍城遺址商代建築復原圖

曾到達長江流域，歷史學家對此多抱懷疑態度。商朝的
勢力到沒到過長江，本來也是否定的人多，贊成的人少，
但是最近幾十年來的考古發現提供了一些有利於贊成派的
觀點，問題開始變得有趣。

　　首先是1974年湖北黃陂盤龍城商代遺址的發現，所
發現的各種銅器、陶器的風格與鄭州商朝都城遺址的相
同。根據這些實物證據推測，很可能是黃河流域商朝的
一支貴族率人來到這裏築城定居（圖1.15）。如果這位貴
族不是偶然來到這裏，而是履行商王的一項部署，那麼我
們可以說黃河流域商朝的王權到了長江。

　　盤龍城遺址的文化要素構成與商朝核心區（即北方今
鄭州一帶）的文化要素構成基本一致，只不過盤龍城遺址
的範圍小很多。在北方核心區與盤龍城之間的遼闊地帶
（這個地帶可不小），並沒有看到商文化一步一步傳過來的

圖1.16 銅嶺銅礦遺址碑

痕跡。説明這是一個跨越式的遠距離殖民，這樣的殖民
應該是有目的、有計劃的。

如果説盤龍城商朝據點的建立具有政治意義，則必
須有更實際的經濟、軍事或信仰的原因，才站得住腳。
無端的跨越遙遠空間的領地擴張，是不應該存在的。

考古學家注意到，在長江流域，又不斷有銅器時代
的重要遺址發現，猶如濃彩重筆勾勒出長江流域的銅器文
明，最有名的當屬江西瑞昌銅嶺、湖北大冶銅綠山的古銅
礦遺址（圖1.16）。

以文明特徵而論，商朝的銅器文化十分發達，有着
各色各樣的青銅工具、青銅武器，而大型精美的青銅禮器
更是令人讚嘆。不用説，銅礦是商朝格外重視的資源。
那麼，從歷史地理的角度推斷，他們不惜千里之遙，來到
長江之濱安營紮寨，以強大的實力做後盾，目標很可能是

要獲取長江流域的銅礦資源。

從長江流域的早期銅礦遺址情況看，當時人們的開礦技術已經有相當水平了，只是這些技術並沒有被文字記錄下來。同樣，商朝人控制銅礦的戰略行為也沒有被記錄下來，是考古學家發現了這件事。

經濟的需求（銅礦）導致政治行為（諸侯據點），在理論上沒有問題，在史實上也很有可能，也許黃河與長江的政治結合就是這樣開始的。

域外交流，三大通道

　　一般認為，歷史上的中國，在地理上相對封閉。中國古代的地理環境的確有這個特點，但封閉不是絕對的，中國的文明史，離不開對外文化交流，既有向外傳播的文化，也有從外面傳入的文化。從宏觀來說，中國古代對外文化交流有三條路：草原之路、絲綢之路、陶瓷之路（又稱海上絲綢之路）。

　　草原之路這個名字，與絲綢之路、陶瓷之路不一樣。它是用甚麼來形容的？用地理環境。說絲綢之路，卻不是用環境來形容的，不可能由絲綢鋪出一條路，人們在上面走，它是用交易的主要商品絲綢來形容的。說海上的陶瓷之路，也是說海船上裝了很多交易的陶瓷商品。當然，船上的貨物實際上還有很多種，不光是陶瓷，說陶瓷之路，只是選出一樣比較美好的東西來象徵它。運絲綢的駱駝，除了馱着絲綢，也還馱有別的東西，比如大黃、花椒，但我們從來不叫「花椒之路」，不好聽。海船上，歷史記載也有大量鐵鍋，但我們從來不叫「鐵鍋之路」。

　　如果突出地理學的知識背景，我們還可以用地理環境的辦法來描述這些道路，它們分別是：草原之路、

圖1.17 草原上的古代石雕人像

綠洲之路(選擇走綠洲,不得已才會走一段沙漠)、海
上之路。這樣可能更清楚一些。海上之路當然是乘船
走的。

　　草原之路,可能聽說的比較少,實際上草原之路在
華夏文明,甚至東方文明的發展中,具有特別重要的意
義。所謂的草原之路,就是指在歐亞大草原上形成的通
道。我國北方有蒙古草原,往西去,草原地帶延伸得很
遠,一直可以到黑海北部。這樣一個遼闊通暢的草原地
帶,在古代是一個重要的商業與文化的交流通道,有許多
「胡賈」活躍在那條漫長的道路上。

　　很多事情因為時代太早,早得越出了我們的記憶範

圍。實際上，有很多重要的東西是沿着草原之路從西方傳過來的。比如綿羊，在我們生活中特別重要。養羊，不是為了幹活，沒見過用羊幹活的。幹活的是牛馬。羊主要給人類提供生活資源，可以管吃，可以管穿，也可以管住（氈帳）。飼養羊的技術就是沿着草原之路（也包括綠洲之路）進入中國的。我們彷彿覺得綿羊是土生土長的，其實不是。它是非常重要的古代文化交流的成果。

石雕人像，在中國早期歷史中沒有這種東西，中國文化不提倡給人做雕像。佛像屬於傳入文化，他們是佛，不是世俗的人。皇帝陵墓有文武官員的像，叫翁仲，沒錯，但僅此而已。陵墓的雕像也不是中國原生的東西，是跟草原上的民族學來的，歐亞草原民族有豎立石像的傳統（圖1.17）。據學者們的考證，中原出現石像，可能是直接學自匈奴。兩千多年前，北方草原上有一個很強大的民族匈奴，秦漢時代，中原王朝和匈奴作戰，繳獲過匈奴的祭天金人（金屬人）雕像，大約受到這類事情的影響，雕像這種東西才開始在中原文物中出現，不過，也談不上是大量流行。

綠洲之路，就是我們平常說的絲綢之路。絲綢之路的路線主要是從西安沿着河西走廊，過敦煌，出陽關、玉門關，再沿着塔里木盆地的兩個邊緣向西延伸。在這條道路上，是一個綠洲接着一個綠洲，旅行者盡可能在綠洲中穿行。找不到綠洲了，才不得不走沙漠。許多綠洲中都有城市社會，大小不等。它與北面的草原社會不一

樣，是農業定居社會。只是那些綠洲太小了，否則會和華夏農業社會有很多類似的地方。

在綠洲之路的物品往來交流中，除了著名的絲綢向外傳播，其實還有更重要的東西，也是通過這條線路傳播到中國的，它就是冬小麥。小麥並不是中國原生的東西，它是沿着綠洲之路，在很早的時候傳到中國的。這個功勞大不大？非常大。現在一半以上的中國人離不開小麥。

海上之路，又稱海上絲綢之路，它曾經被稱作海上陶瓷之路，因為在船運的商品中，陶瓷是最大宗的。但是又覺得絲綢之路的名字更響亮，是人們已經習慣了的中外交通路線的象徵性名稱，所以乾脆稱為海上絲綢之路。

海上絲綢之路的特點是盡可能沿着海岸走，在沒有必要的情況下，盡量不去穿越那個望不到大陸的海洋深處。很多日常的短距離交流，只需要一段一段地進行，沿着海岸線走比較安全，當時船的能力也只能這樣。這樣的航海歷史很早就開始了。

到了宋元時期，海上貿易交流已經十分發達，大量陶瓷遠銷南亞地區。考古學家在南海地區包括東部沿海地區發現了大量的古代沉船，據初步估計有兩千多艘。前些年有一艘古代沉船被用科學方法打撈上來，定名為「南海一號」。它被整體保護固定（用一個巨型箱子），抬出水面，拉進博物館，考古學家在裏面一點點清理船上的遺物。我們的海洋考古已經起步，以後會有越來越多的陶瓷之路的遺物被發現。

不響的馬鈴

馬鈴薯，屬於茄科植物，下面的塊莖可供食用，是全球第四大重要的糧食作物，僅次於小麥、水稻和玉米。在中國，馬鈴薯又稱土豆、山芋等。

馬鈴薯原產於南美洲安第斯山區，人工栽培的歷史可追溯到大約公元前 8000 年到前 5000 年的秘魯南部地區。

「地理大發現」之後，馬鈴薯被歐洲人發現並帶回歐洲種植。開始，人們只是欣賞它的花朵，後來發現，馬鈴薯不僅可以烤（煮）熟了直接吃，還可以磨成麵做麵包。高興的歐洲人開始了大面積種植。

馬鈴薯甚麼時候傳入中國，還不清楚。但至少，在徐光啟生活的時代已經傳入中國，因為徐光啟（1562–1633）所寫的《農政全書》中有「土豆」這個東西。書裏面是這樣說的：「土芋，一名土豆，一名黃獨。蔓生葉如豆，根圓如雞卵，內白皮黃，可灰汁煮食，亦可蒸食。」根據描述，這個土豆就是馬鈴薯。徐光啟不是種土豆的，既然土豆已經被他知道了，說明它在農田裏已經比較普及了。

馬鈴薯進入中國以後，人們發現它很適合在原來糧食產量不高的北方種植，這真是令人喜出望外。內蒙古、河北、山西、陝西的一些寒冷地區，原來只能種植莜麥，馬鈴薯（還有玉米）的傳入，一下子改善了這些地區糧

圖 1.18 馬鈴

食作物生產的局面。儘管社會上層人物對馬鈴薯並不喜歡，它主要還是下層百姓的食品，但畢竟對中國人的食物補充，進而對人口增長，起到了重要作用。

馬鈴薯還有一個特點，收穫以後，有一個生理性自然休眠期，長時間內不會發芽，這算是一種對不良環境的適應性。利用這個特性，人們可以把它貯存到來年青黃不接的季節。

馬鈴薯是它的正式的名稱，或者說是書本上的名稱，「土豆」則是我們日常生活中用的名字。但為甚麼書本上要叫馬鈴薯呢？據說是因為中國人剛見到它時，看它的個頭、樣子都像馬脖子上掛的鈴鐺（圖1.18），所以就稱它為「馬鈴薯」了。當然，這個馬鈴永遠不會響。

二　大地域，大社會

中國古代文明是大地域文明，是在遼闊的疆土之上融合締造、壯闊發展，因而呈現獨特的、複雜的大地域地理特徵。

　　在數千年以前，一方面，我們祖先中的思想家們創造了「九州」、「五服」、「五嶽」等氣魄宏大的天下觀念。另一方面，由一批政治家所率領的社會實踐者，具體地完成了建立有效的大地域社會機制的國家。在這些方面，中國與其他一些小地域的文明很不一樣。「大地域」的概念是理解中國古代文明的關鍵之一。

　　傳說時代的上古帝王們是華夏文明開基創業的代表者，在他們的傳說成就中，幾乎沒有例外地包含着處理大地域問題的豐功偉業。按《史記·五帝本紀》記載的順序：

　　「人倫初祖」黃帝曾「撫萬民，度四方」，他的活動範圍「東至於海，登丸山，及岱宗。西至於空桐，登雞頭。南至於江，登熊、湘。北逐葷粥，合符釜山，而邑於涿鹿之阿」。這已經展示了一幅遼闊畫面。

　　後面的帝，一個接一個，也是同樣。

　　帝顓頊「北至於幽陵，南至於交趾，西至於流沙，東至於蟠木」。

帝嚳「溉執中而遍天下，日月所照，風雨所至，莫不服從」。

帝堯「百姓昭明，合和萬國」。

帝舜則更像是實行了大地域一統措施的帝王，他巡狩天下，「同律度量衡」，變四方，令「天下咸服」。

到了大禹，平水土，置九州，更是我們的文明在大地域上確立的神聖象徵。

上面這些傳說雖然不是可以證明的確切歷史，但其中反覆表達的大地域觀念，則反映着文明的這種特徵。皇帝稱「天子」，領土稱「江山」，只能發生在大地域的帝國。

「地東西九千三百二里，南北萬三千三百六十八里……漢極盛矣。」這是《漢書·地理志》裏面形容的漢朝疆域。漢朝這麼大，為了弄清楚歷史，司馬遷跑遍了大地，他西至空桐之山，北過涿鹿之野，南浮江淮，東漸於海，上會稽，探禹穴，涉大漠，登龍堆。他是在一個遼闊的地理空間內，觀古今之變，究天人之際。

翻山越嶺的步伐

華夏文明是怎麼大起來的？

展開一幅中國地圖，你會看到許多山脈，縱橫分佈在中國大地。這些大山曾經是早期人類發展的障礙。但是華夏祖先們並沒有被這些大山擋住發展的視野。征服高山、翻越高山，把高山變成自己的領地，令高山也閃現文明的光芒，這是中國獨特的歷史地理。不懂高山文化，就不懂得中國。

高山是中國人的負擔、挑戰，也是中國人的資源、財富。

飽覽過中國名山，再去美國科羅拉多大峽谷，不會再發出驚嘆。美國導遊說，有三分之二的中國遊客對美國大峽谷的景色，並不以為然。中國人曾在華北上過太行山，在陝西河南登過秦嶺，還有黃山、泰山、張家界，這些壯觀的高山景色，並不比美國的大峽谷差，更不用說青藏高原了。所以，中國歸來不看山。

中國的山脈資源豐富，千姿百態，世面廣大，中國的大地域文明，就是隨着一條條山脈被翻越，而一步步形成的。

在中國歷史的初期，拿下太行、秦嶺、中條這三個山脈是關鍵。太行、秦嶺兩大山系在中原對接，其間為函谷隘道，是中華的咽喉。函谷關兩邊是關中盆地與洛陽盆地，都是華夏文明的核心區（圖2.1）。

夏代還小，也拿下了中條山。商人從東向西，沒有完全拿下太行、中條。周人反向發展，在關中崛起，步步東進，終於東出函谷，地接東西，實現了「普天之下，莫非王土」。

山脈雄偉高大，以人之渺小，望山之高大，沒有不折服的。人們在仰嘆「危乎高哉」之外，做得更實際的事，是要低頭尋出翻山的道路。遠古文獻《山海經》中開列了許多山頭，但講的都是祭山，沒有交代翻山的路徑，並不實用。〈禹貢〉這部文獻就不同了，講山水穿行，「隨山浚川」，很有實用價值。

在歷史發展中，面對高山，翻山比登山重要。能在大山之間自由穿行，才是人對山地的真正征服。征服了大山，會有不同的結果，不同的意義。有一種進山、翻山行為，不是為了砍柴、打獵，而是為了完成文明大業，這是歷史學家最重視的價值。

考古學家發現，距今約4000年前，我國有一個發達的人類群體文化，以典型遺址所在地（河南偃師二里頭村）命名，稱二里頭文化。二里頭文化中已經有銅器、宮殿等，其社會應當進入了早期國家形態。按照時代與地域特徵，許多學者推斷，二里頭文化應該就是夏代的遺存。我們注意一下二里頭文化的地理特徵，它的分佈範圍雖然

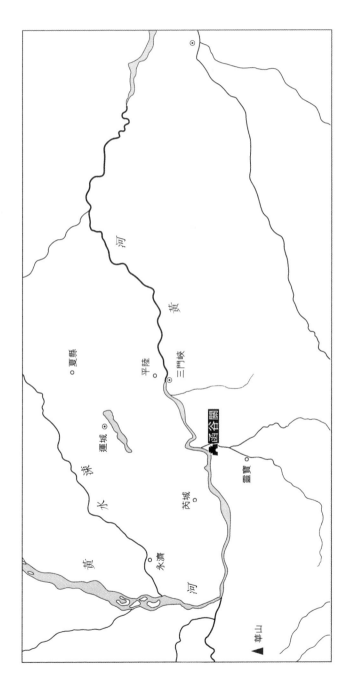

圖 2.1 古函谷關地理位置示意圖

圖2.2 中條山

不大,卻跨越了中條山的南北兩面。這個地理特徵值得
我們思考一下。

一般來說,河流兩岸文化差別不大,古人渡河不是
難事,需要的話,一天來回幾趟都可以。所以在考古地
理中,河流一般不是文化的分界。但高山的情況不同,
翻山不易,且路途坎坷,所以山脈容易構成文化分界。
比如晉西南地區有一個陶寺文化,核心區在臨汾一帶,它
的南傳範圍,不過峨嵋嶺(汾涑二水的分水嶺)。也就是
說,峨嵋嶺兩面的文化不同。

中條山比峨嵋嶺要高大險峻許多(圖2.2),但二里頭
文化卻能地跨中條山的南北兩面。我們不得不承認,二
里頭文化的居民們很有翻山的能力,而且,他們不僅能

翻山越嶺，還能將大山兩面用文化統一起來。這裏面的辦法，包含着一種社會進展。我們站在大山前面試想一下，怎樣能與大山另一面的人聯合起來，與自己建立聯盟？這個辦法一定不簡單，要想到，那可是一個沒有高超通信手段的時代。

二里頭文化的源地在哪一方？是南面還是北面？二里頭文化是從山的一面傳到另一面的嗎？或者是南北兩面的文化聯手而形成的嗎？無論怎樣，都必須解決中條山的阻隔問題。翻越山脈，社會文化向山的另一面推進、擴展，達到文化統一甚至政治統一，在那個時代，當然是文明成就。任何一個不滿足於原有生存環境的束縛，要拓展生存空間、壯大社會力量的團體，勢必要突破自然地理障礙。在中國，山脈是最早需要突破的對象。

秦國勢力翻越秦嶺，佔據四川盆地，經濟實力大增。晉國翻出太行山（應該是出軹〔zhǐ〕道，即「太行八陘〔xíng〕」的軹關陘），獲得「南陽」地區（今河南濟源至獲嘉，不是今天的南陽），不久稱霸。韓、趙、魏三家分晉，個個向山外拓展，列入「戰國七雄」。這些政治集團之跨越山脈，建立隔山疆土，最終不是靠技術能力，而是靠政治能力。所以，是政治成果。

跨越山脈，要突破自然障礙，也要擊敗政治對手。「太行八陘」有井陘，「天下九塞」也有井陘。它又是陘，又是塞。陘是通道（陘，連山斷處，又通徑，是通道），塞是防守。對於攻方，想的主要是「要道」。對於守方，想的主要是「雄關」。同一個山谷，一攻一守，是一對人

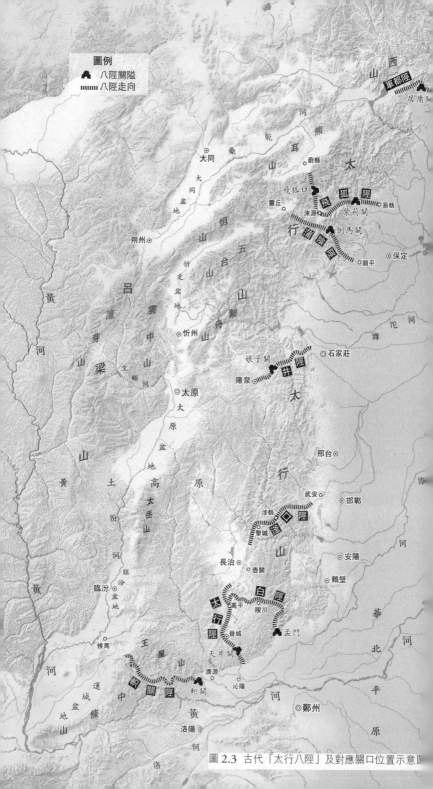

圖例
八陘關隘
八陘走向

西山

軍都陘
居庸

河

乾
熊
耳
山

大同

桑

大同盆地

蔚縣

太
行

飛狐口

飛狐陘

易縣

靈丘

淶源

紫荊關

朔州

恆山

五台山

倒馬關

保定

忻定盆地

順平

呂梁山

雲中山

舟繫山

滹沱河

石家莊

娘子關

井陘

文峪河

忻州

陽泉

太

太原

太原盆地

行

邢台

黃

土高太岳山

原

武安

涉縣

邯鄲

臨汾盆地

黎城

滏口陘

山

河

安陽

臨汾

長治

壺關

鶴壁

黃

候馬

王屋山

太行陘

白陘

高平

陵川

晉城

孟門

華北平原

軹關陘

天井關

濟源

軹關

沁陽

沁河

運城盆地

中條山

黃河

洛陽

洛河

鄭州

圖 2.3 古代「太行八陘」及對應關口位置示意圖

圖 2.4 太行山

文屬性，是人文行為賦予了山脈形體以價值。

　　一般來說，山體本身沒有甚麼經濟價值（除非含有礦物），但具有政治、軍事、交通價值（後來又有藝術價值）。在守衛一方是屏障，在進攻一方是要逾越的目標。屏障使一些群體得以存活，而逾越則是大地域領土整合必須完成的任務。

　　太行山內外有着比較複雜的人文關係。一方面，太行山外面的山麓地帶，特別是東南方一帶，是早期華夏文明起源的重要地區，誕生過不少大小都城。但太行山裏側卻是戎狄天地，有另一番景象（戎狄是一個半農半牧的人類群體。詳見第四章）。山地適宜戎狄活動，他們「各

分散居溪谷，自有君長」。山內的戎狄與山外的華夏，有着很長時期的攻防歷史。

戎狄強盛時，可以殺出山地，「暴虐中國」。在北部，戎狄曾越過燕國，打到「齊郊」。在南部，「戎狄至洛邑，伐周襄王，襄王奔於鄭之氾邑」（《史記・匈奴列傳》）。周襄王在外面躲了四年，才在晉國的護衛下回到洛陽。

東周初期，受南夷與北狄兩面的夾攻，「中國不絕若線」（《公羊傳》僖公四年），華夏人相當緊張了一回。華夏人最有名的向山內地區反擊的是齊桓公的北伐山戎，他率軍「束馬懸車登太行，至卑耳山而還」（《史記・齊太公世家》），大敗戎狄。

晉國是被分封在山西南部山區的華夏諸侯國。開始時，晉國勢力不大，被戎狄包圍，「拜戎不暇」，後來逐步強大，向北方發展。晉國，以及後來拆分出來的韓、趙、魏，逐步統治了山西的大小盆地，實施經濟開發，政治穩定。與此同時，戎狄或被同化，或被逼迫到邊角地帶。趙國則向北持續拓展，直達陰山腳下。

太行山南北綿延很長，在早期歷史中，其北段山地中與南段山地中曾有不同的人文發展。司馬遷在《史記・貨殖列傳》中談到中國北方的兩大生態區域，南部主要是農業區，北部則「多馬、牛、羊、旃裘、筋角」。這兩個地區的分界大體在龍門—碣石一線。龍門就是黃河在山陝南部出山的地方，碣石在渤海岸邊。這條龍門—碣石線橫跨山西山地，在其中部穿過，然後沿太行、燕山山

圖 2.5 秦嶺

系邊緣折向東北。在太行山的北部山區，是農牧混合經濟，有戎狄集團長期存在。直至戰國晚期，北部山間仍有白狄建立的中山國，錯落於燕趙之間。

秦嶺山脈橫亙東西，與太行山南部及中條山接近。這些山脈之間是華夏軸心地帶，函谷關就在這裏。函谷關不是華夷分界，而是華夏自分。洛陽為首都（東周時代），老子從東向西走，是出關。後來長安為首都，於是反過來，從西向東走算出關。

秦嶺山脈構成宏觀氣候分界線，南北兩方氣候不同，遠古以來孕育着不同的人文群體。北方為華夏故地。秦嶺南面，西有四川盆地，東有漢水流域，古代各自發達。四川盆地曾有巴蜀文化，三星堆遺址令人驚

圖 2.6 燕山

異。漢水流域乃是楚國地盤，楚君曾自稱為「王」，並且
問鼎中原。

在古代經典地理文獻〈禹貢〉中，將楚地稱為荊州，
將巴蜀稱為梁州，為「九州」中的二州。〈禹貢〉的描述，
已經將秦嶺南部歸入華夏，這是長期文化融合的結果。
二里頭文化曾沿秦嶺東端南傳，如果二里頭文化果真為夏
代遺存，則夏朝已經開始了南擴的歷史。到了商代，已
經在長江附近建立據點，今湖北黃陂發現地地道道的商文
化遺址，有城邑、宮室、貴族墓葬。周朝在漢水北部分
封了一批諸侯，稱作「漢陽諸姬」。（周統治家族是姬姓）

秦國從西邊通道進入四川，壯大國勢，這件事前面
已經說過了。此外，自渭河流域向東南，另有一路，斜
穿秦嶺，經武關到達今南陽一帶。這一線交通在關中建

都的時代也是極其重要。劉邦就是由這條道路，搶在項羽前面攻入咸陽。《史記·秦始皇本紀》說：子嬰為秦王才四十六日，「沛公破秦軍入武關，遂至霸上，使人約降子嬰」。有的地理書介紹武關，只講政區位置，不講秦嶺山間要害，並沒有説在點上。

秦嶺南北方政治的整合是華夏文明發展的又一巨大成就。

最後再來看燕山。燕山接續太行山，繼續向東勾勒華夏區域的邊界。這些山脈的走勢，彷彿是「天以限華夷」，很是完整。燕山南面是大平原，北面是蒙古高原，又是兩個人文生態世界。這兩個世界的差異，比前面提到的都大。

燕山阻擋北面季風，南部山腳下適宜人居，早有人群集團在這裏發展。周武王滅商，為了安撫天下各種勢力，給了一些中立的集團以封號。在今天北京這塊地方，有一個中立集團被封為薊國（都城在今北京宣武門一帶）。不久，周朝自己的人來了，在南邊不遠的地方建立燕國（都城在今北京房山琉璃河）。這時，天下已經是周人的，燕國當然勢力大，找個機會便將薊國滅掉了。燕國隨後成為北方大國。

燕國的發展，戰略方向之一是向北翻越燕山。「燕有賢將秦開，……襲破走東胡，東胡卻千餘里。」（《史記·匈奴列傳》）燕國遂佔據整個燕山山地，並在燕山北坡修築長城。燕國之舉，掀開了燕山南北兩方爭雄的歷史。燕山雖不及太行、秦嶺綿長，但其南北兩方的爭雄，仍然

圖2.7 山海關

決定了中國歷史中一些有頭等地位的大事。

以燕山為中心做宏觀地理觀察,南方是遼闊的華北平原,北方是蒙古高原,東北方是東北平原及山林。在中國王朝歷史後期所出現的歷史地理事實,足以說明燕山地位之重:正是來自這三個大地區的人們,依次建立了統治整個中國的龐大王朝。從蒙古高原來的蒙古人建立了元朝,從南方來的漢人建立了明朝,從東北來的滿人建立了清朝。燕山腳下的北京城,作為這場歷史大旋渦的中樞,成為中國的京師首善。

燕山上的長城,見證過波瀾壯闊的歷史。燕國首先在燕山北部修建長城,秦朝繼續使用。到北朝時期,北齊改在燕山南部修建長城,北周、隋也都繼續修繕利用。到了明代,又在北朝長城的基礎上修建了堅固、整齊、雄

偉的長城。燕山可以説是偉大的長城之山，燕山長城與
京師最貼近，功能最持久，形態最壯觀。燕山長城守衛
的是一系列南北往來的著名通道，其中的居庸關，享有古
老的歷史，而山海關則被尊為「天下第一關」（圖2.7）。

　　這些關隘，屬於山脈，屬於社會，屬於歷史。自然
的高山，配以人文的雄關，是我國高山文化十分突出的特
色。「雄關漫道真如鐵，而今邁步從頭越。」現在，許多山
口都開通高速公路了。世世代代，名山的故事將永遠伴
隨着中華歷史。

五嶽大坐標

　　五嶽是分別位於中國東部、西部、南部、北部和中部的五座歷史名山的總稱，大多數中國人都能背出它們的名字：東嶽泰山、西嶽華山、南嶽衡山、北嶽恆山、中嶽嵩山。它們的相對高度都在1,000米以上，看上去是「巍乎高哉」。

　　五嶽是自先秦時期開始逐步形成的一套名山系統，它們之間，彼此呼應，五方相配，形成一個體系，構成一個政治文化地理大坐標。它們在大跨度的地理空間中排開，象徵着華夏疆域的遼闊性、穩定性、崇高性。

　　五嶽概念的形成，是中國古代地理思想史的一件大事。在古代中國，管理一個大地域國家，光靠軍事手段不行，還要運用禮儀制度與道德規範對政治進行有力的輔助，這是中國古代文明的一大特點。從周代一直到秦漢時代，是中國古代政治文化的形成期。從政治地理方面來看，首先是西周對封建制進行了充分的實踐，之後的秦漢時代，又完成了由封建制向郡縣制轉變，解決了對廣闊國土進行一統性政治建設的歷史課題。而五嶽的最後確立，是這一政治文化地理過程的重要側面。

圖2.8 東嶽泰山

　　五嶽，被古人視為道德名山，它高大巍峨的形體象徵着社會的穩固，它的峻拔又象徵着至高無上的權威。雄踞五大方位的嶽，表徵着江山的一統。

　　在這樣的思想觀念背景下，天子、皇帝為了體現自己的權威，就要與五嶽聯手了。

　　事情的起源應該在三千多年以前。基地在西部地區的周人，在戰勝東方大國商之後，馬上又面臨如何有效地統治東方遼闊疆土的難題。周人雖然打出了「普天之下，莫非王土」的旗號，也在各個要害地區分封了一批諸侯國，用來「以藩屏周」，就是讓它們像藩籬一樣護衞着周人的政權。但是國土太大，周天子仍然不放心，於是經常要到各地巡視，檢查諸侯國的情況，觀看當地的風俗禮

儀，更重要的，是向當地的人民展示天子的威儀，平衡一下「諸侯自專一國」的情形。《孟子‧梁惠王下》引晏子的話：「天子適諸侯曰巡狩，巡狩者，巡所守也。」就是説的這類大事。

按照規矩，巡狩時，天子到了哪個諸侯的地方，那個諸侯首先要「除道」，就是把道路清理好，並且到邊境等待天子的到來。另外，「天子巡狩，諸侯辟舍」（《史記‧魯仲連鄒陽列傳》），諸侯還要把自己的正殿騰出來，讓給天子用。除了本地諸侯，「當方」諸侯，也就是那一方鄰近的諸侯，也要盡可能地來朝拜天子，否則，被視為非禮，要受懲罰。例如周襄王二十一年（公元前632年），「天王（周襄王）狩於河陽（今河南孟州市以西的地方）」，齊、魯、晉、秦、魏、陳、蔡等國的國君都來拜見，而有一個許國，距河陽不遠，居然沒有去，這屬於非禮，於是落下把柄，「諸侯遂圍許」，諸侯趁機把許國教訓了一番。

有意思的是，天子巡狩本來是衝着諸侯去的，但後來，説來説去，嶽卻成了巡狩活動的主要對象。例如《禮記‧王制》：「天子五年一巡守（同狩）。歲二月，東巡守，至於岱宗。……五月，南巡守，至於南嶽，如東巡守之禮。八月，西巡守，至於西嶽，如南巡守之禮。十有一月，北巡守，至於北嶽，如西巡守之禮。」《説文》也説：「東岱、南霍、西華、北恆、中泰室，王者之所以巡狩所至。」（古代曾一度以天柱山，亦名霍山，為南嶽。）這是因為五嶽居東南西北中，具有空間方位上的完整性，象徵

「普天之下」，在禮法意義上又是「安地德者也」，所以，「夫嶽者，以會諸侯」，諸侯們「必擇其地近之嶽而朝焉」（姚鼐〈五嶽說〉）。最後，至嶽，成為巡狩活動的高峰。這是五嶽思想的發展。

五嶽是王朝地域內以禮法形式、神聖姿態出現的五大核心，天子的巡狩制度更將它們統聯為一體了。

為了巡狩這件事，也就是為了社稷考慮，天子要不辭辛苦，到處視察。蔡邕說：「天子以天下為家，不以京師宮室為常處，則常乘車輿以行天下，故群臣託乘輿以言之也，故或謂之『車駕』。」（《史記‧呂太后本紀》集解引）原來，皇帝的這個外號「車駕」是這麼來的。

不過，五嶽分佈在「中國」的東西南北中，距離很遠，「車駕」能否座座都去，是個實際的問題。除了傳說中的舜而外，似乎只有漢代的「武帝自封泰山後，十三歲而周遍於五嶽」（《漢書‧郊祀志》）。此前的秦始皇，除泰山外，還曾登湘山、會稽山，這是秦朝自己排定的東方五大名山中的兩座，他去沒去過其他嶽山，不知道。

在實際中，巡狩的活動主要集中於泰山，泰山的地位優於其他嶽山。比如，漢武帝去泰山的次數大大多於去其他山。漢宣帝時，對於五嶽有規定的祭祀制度，其中只有泰山是每歲五祠，其他則三祠。皇帝去泰山的祭祀活動，逐漸有了一個專用的名字：封禪（shàn）。後來講封禪，主要是指去東嶽泰山。

漢武帝對於五嶽觀念的樹立，起了巨大的推動作用。如前所說，他自封泰山後，13年而周遊走遍於五

圖2.9 傳說漢武帝所立的泰山碑

嶽，在後來的23年裏，幸泰山達7次之多。作為一個有
影響的天子，他的這些行為必然令天下為之風動。尤其
是泰山封禪，在當時的人看來，是百年不遇的盛大典禮。
《史記‧太史公自序》：「是歲天子始建漢家之封，而太史
公（談）留滯周南，不得與從事。」這是說司馬談，也就是
司馬遷的父親，因為沒能跟着漢武帝參加封泰山的大典，
以為是天大的憾事，曰：「今天子接千歲之統，封泰山，
而余不得從行，是命也夫，命也夫！」之後，司馬談竟然
「發憤且卒」。司馬遷承父業，寫出〈封禪書〉，使五嶽巡
狩封禪的思想，傳於後世。

車輪滾滾：車與道路

對於一個大地域的社會來說，高效的交通是十分重要的，不但統治者需要，老百姓也需要，那麼交通工具、交通設施就是關鍵的技術問題了。現在，我們就對與地理有關的技術問題做一番考察。

關於與地理有關的交通工具，我們從一件關鍵的東西說起：輪子。

輪子是征服路程、征服地理空間的得力工具。我們知道，輪子是人發明出來的。有人說，古人是看到圓形的蒲葉被風吹起，在地上滾動，於是受到啓發而發明了輪子。這只是一種推測。

無論古人怎樣想到了做一個圓形的東西，關鍵是他在兩個圓形的東西上面安放了一個木廂，於是成為一輛可以載物並且行走的車！這在人類歷史上應當算一個驚天動地的大發明。有了輪車，就可以承載重物，循環滾動，遠行千里，用古人的話說，是「服牛乘馬，引重致遠」（《周易·繫辭下》），意思是用牛馬拉車，可以把重物送到遠方。

試想一下，一個用身體背負重物的人，第一次看到另一個用車載重物的人，會是多麼吃驚，多麼羨慕。的

圖 2.10 甲骨文「車」字

圖 2.11 這個「車」字的「轅」是斷的，有甲骨文專家認為這是表示一次車禍

確，輪車給人類立下了巨大的功勞！現在的高鐵，不過是輪車家族中的一個晚輩。

在中國歷史上，一直傳説是夏代的奚仲發明了輪車，奚仲因此被奉為「車神」。根據目前所得到的確切證據，輪車的先祖至少可以追溯到商代。在商代甲骨文裏已經有了車字，就是一個輪車的圖形（圖 2.10、2.11）。另外，考古學家在商代的遺址裏面發現了許多輪車的遺跡，有的還相當完整（圖 2.12）。這樣，我們對於商代輪車的樣子、尺寸可以説是看得清清楚楚，它們的製造水平已經相當成熟了。孔子説：行夏之時，乘殷之輅（lù），服周之冕（《論語・衛靈公篇》），認為商代的大車質樸，不奢侈，可以做楷模。

據説，最初級的車輪是一塊圓形木板，稱為輇（quán）。後來改進為輻條輪，商代的車輪都是帶輻條的，

圖 2.12 商代車馬坑遺址

已經是改進的了。

由於輪車的出現，許多事情也隨之發生了變化，尤其在人文地理世界，可以說進入了一個新的時代。

俗話說：車到山前必有路。其實未必，這要看是甚麼樣的山口。

我們再來看看前面說過的穿越山地這件大事。古人最早經歷過的是無車的時代。那時的人們進山，是憑身體腿腳的本事。在用腿腳穿山的時代，不分甚麼大小山口、深淺谷道，容得下人身，就可以前進，一腳高，一腳低，都沒有關係。

然而，車輪對路面卻有較嚴格的要求，不能是一輪高一輪低，要在比較平坦的路面上才可以順利行走。那麼，原來可以容身，可以憑腿腳蹬踏行進的山口，卻不一定容許車輪行進了。所以，隨着輪車的出現，對於山口

圖 2.13 井陘古道

谷道，人們要做一番優選。不適宜車行的山口被淘汰，
適宜車行的山口漸漸出了大名。下面舉一些例子。

　　古人選出來的「太行八陘」，即進出太行山的八條通
道，是出名的山口谷道，都可以走車。《戰國策・楚四》
記載：老驥（千里馬）「服鹽車而上太行」，就是車行太行
山間的一個例子。這是有關伯樂的故事。山高路陡，儘
管是千里馬，還是「蹄申膝折，尾湛胕潰，漉汁灑地，
白汗交流；中阪遷延，負轅不能上」。千里馬應該奔馳賽
跑，卻不宜幹拉車的笨活兒。幸虧「伯樂遭之，下車攀而
哭之，解紵衣以冪之。驥於是俯而噴，仰而鳴，聲達於
天，若出金石聲者，何也？彼見伯樂之知己也」。韓愈感

慨道:「世有伯樂,然後有千里馬。」(韓愈,〈馬說〉)沒有伯樂,只有拉車的馬。千里馬比伯樂多,可能還有若干匹千里馬,沒有巧遇伯樂,默默拉了一輩子鹽車。

中條山的北面有鹽池,產鹽供給四方。向東走的鹽車要過太行山,應當是走某些陘。《史記·淮陰侯列傳》裏說:「今井陘之道,車不得方軌。」「方軌」是車並行的意思。雖然不能並行,但走車是沒有問題的。這是井陘(圖2.13)。

《穆天子傳》講了一個神奇故事:「天子命駕八駿之乘,赤驥之駟,造父為御,南征翔行,逕絕翟道(翟道,在隴西),升於太行,南濟於河。」故事是神奇的,但編故事所用的許多材料是真實的。天子駕車而行是真實的,「升於太行,南濟於河」也應是真實存在的行車路線。

《水經注·河水四》這樣描述函谷關:「邃岸天高,空谷幽深,澗道之狹,車不方軌,號曰天險。」我們看到,重要的谷道都可以車行。函谷關雖然不能「方軌」,但還是有車。

能車行還是不能車行,古人分辨得很清楚。我們把視野轉到燕山,從形勢上看,燕山接着太行山向東北方的延伸,戰略意義也很大。《日下舊聞考·邊障》引《金國行程》:「渝關、居庸,可通餉饋。松亭、金陂、古北口,止通人馬,不可行車。」渝關就是山海關,居庸關夾在太行山與燕山之間,是太行八陘最北面的一陘。這兩個關可以行車,具備軍事物餉運送的條件,格外受到重視(圖2.14)。其他三關「不可行車」,地位低一等。

圖2.14 居庸關

車輛對於進山的道路是很挑剔的，有些山路很崎嶇窄小，車到了這裏，要掉回頭，另擇寬闊的路徑。

不僅僅在山區，車輛在平川原野之上，也有要求，原因還在輪子。輪子要循環不已地滾動，車輛才能不停地前進。要做到這一點，輪下的地面就必須是連綿不斷堅實而平坦的，有溝，必須填平，有坎，必須鏟掉。一句話，必須修路。

因為輪車的出現，可供輪車順利行走的人工道路應運而生，車行多遠，道路就要修多遠，從此，在華夏大地上，一條條人工道路縱橫呈現，人文地理景觀出現了新面貌。

圖 2.15　道路兩旁列樹

　　道路修好了，還要沿着道路種植樹木，古人稱作「列
樹以表道」，就是種植一排樹木，用來表示道路的所在。
這個做法應該是很有用的，因為在田野裏，發現遠處的道
路是不容易的，但是有了一排一排的樹，迷路的人離很遠
就可以看出來：那邊有路！（圖 2.15）

　　在各種道路中，皇帝經常用的路修得最好，因為皇
帝的車個頭大，所以路一定要寬，一定要堅實。皇帝專
用路稱為馳道，秦始皇下令修的馳道是歷史上最有名的。
馳道應該是秦朝道路網的主幹，它以都城咸陽為中心，號
稱「東窮燕齊，南極吳楚，江湖之上，瀕海之觀畢至」。
（《漢書‧賈山傳》）書上還說，馳道「道廣五十步，三丈

圖 2.16 秦始皇陵銅車馬

而樹」。古代一步為5尺，50步就是25丈（約80米），相當寬闊了。另外三丈（10米）就栽一棵樹，一路之上，樹影連連，應該十分美觀了。（不過，這樣的規劃能否在國土上都實現，可能還要打折扣。）

道路修得好，還需要有人維護，這是輪車引發的又一項事業。

古代道路是土路，容易損壞，車走得多，路就壞得快，修路的人手就要多。古代王侯將相們的大車隊一路跑，修路的民夫要一路忙。西漢時有位昌邑王（就是後來成為海昏侯的劉賀），喜歡駕車到處遊玩，他手下的中尉王吉看不過去，上疏勸說：「大王您這樣到處疾馳，不到半天就跑200里，弄得百姓們都要忙着為您修路、牽馬，他們都沒有時間幹農活了。」劉賀是一個腐敗的傢伙，駕車到處亂跑，也是一樁勞民傷財的事情。

圖 2.17　漢代畫像磚上的獨輪車

　　一切事物都有兩面性，輪車對於道路有比較苛刻的
要求，這是輪車的一項缺陷。但是聰明的祖先想出了既
能克服這個缺陷，而又能隨意使用輪車的辦法，這就是：
手推獨輪車的發明。

　　無論是馬車還是牛車，都必須在較寬敞的道路上行
駛，但是人推的獨輪車卻可以在田間小路、崎嶇山路上運
送貨物。提到獨輪車，一般會想到諸葛亮發明「木牛流馬」
(即獨輪車)的故事，以為諸葛亮是獨輪車的發明者。其
實，早在西漢的時候，獨輪車就已經出現了。四川成都
有一座斷代為公元前2世紀晚期的墓葬，裏面的壁畫上就
有人推獨輪車的形象(圖2.17)。另外，史書中也有關於
西漢末年人們使用「鹿車」的記載，鹿車可能也是一種手
推獨輪車。

快馬加鞭：驛傳系統

在一個疆域遼闊的地區內建立國家，管理龐大的社會，除了修建暢通的道路網、使用便利的交通工具，還要有一套執行遞送任務的人員組織系統。這是任何一個大地域國家政府維持運轉所必要的工作體系。中國是一個穩定的大地域國家，這個系統很完善。在古代，它稱作驛傳系統。

驛傳系統的主要職能是傳遞官府文書、軍事情報，為官員往來提供交通工具和中轉食宿場所。它是一個由在全國各地的大道上設立的一個個的交通站點連綴構成的網絡。運送方法是接力式，可以憑官方證件在每一個站點換人、換馬(或換車、換船)。皇帝一旦發出詔令，要即刻傳送四方，於是出現全國大跑馬的情形。

驛傳系統有一個發展過程。

比較成熟的驛傳體系產生在春秋戰國時期，孟子轉述孔子的話說：「德之流行，速於置郵而傳命。」(《孟子‧公孫丑上》)意思是，道德的流行，比在郵傳系統裏面傳遞還要快。看來，郵傳系統，是孔孟所知道的最快的人間傳遞系統。

秦始皇統一中國後，在社會基層設置「亭」，「十里一

圖 2.18 嘉峪關魏晉墓葬中畫像磚上的驛使圖

亭」，這是以維持社會治安為主的行政體制，具有行政管理和治安職能，但是在交通幹線上的亭又兼有遞送公文的功能，所以又稱為「郵亭」。

漢代在驛傳系統中大量使用車馬，用車傳送稱為「傳」，騎馬傳送稱為「置」或「驛」。原來的步行遞送方式仍然稱為「郵」。

西漢規定，在交通要道上每隔幾十里就置一驛（一般是三十里一置）。因為馬跑得快，傳遞的距離範圍大為擴展。為了滿足遠途行者的需求，漢代逐步將單一騎馬傳送公文的置（驛），擴展為兼有接待過往官員和使臣功能的機構，人能食宿，馬有飼料。

考古學家在甘肅省敦煌市發現了漢代懸泉置的遺址，遺址位於今天安敦公路南側1.5公里處的戈壁中，南

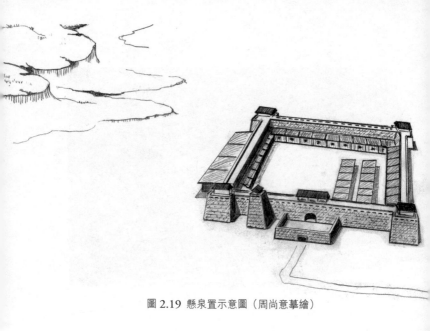

圖 2.19 懸泉置示意圖（周尚意摹繪）

邊是三危山的餘脈火焰山，北邊是西沙窩。這個地方在漢唐時代是瓜州與敦煌之間一個大的中轉驛站，東去瓜州56公里，西去敦煌64公里。在遼遠空曠的西部，這座中轉站的設立是太有必要了。

懸泉置遺址是一座方形小城堡，有高大的院牆，門開在東面。院子裏的西部、北部建有不同時期的平房3組，為住宿區；東部為辦公區；在西南角有馬廄。在城堡的外面也有馬廄（圖2.19）。

懸泉置不遠處的山口間，有泉水，可供飲用。泉水從高處流下來，懸空進入一個水潭，所以這個地點叫懸泉。古代文獻中有一段關於懸泉的神奇的故事：「漢貳師將軍李廣利西伐大宛，回至此山，兵士眾渴乏，廣利乃以掌拓山，仰天悲誓，以佩劍刺山，飛泉湧出，以濟三

軍。」(《西涼錄・異物志》)用劍把泉水刺出來，顯然是誇張，但貳師將軍率領軍隊經過這裏，倒是很有可能的。

到了唐代，與境外各國的交流頻繁，各方使節和官員接踵出現在通往長安的大道之上。鑒於這種情況，朝廷擴展驛站為館驛，以增加其「館舍」的功能。據歷史記載，在盛唐時期，全國有館驛1,643個，其中陸驛1,297所，水驛260所，水陸轉換的館驛86所，真是遍佈天下。從事驛傳工作的驛夫 (水驛稱水夫) 有兩萬多，其中大多是徵召來的農民。驛馬、車、船由官府提供。驛館大多設在州城或縣城裏面，也有在城外的。

驛站的系統很發達，當然，費用也是很高的。由於朝廷對館驛的支出有限，唐代前期的辦法是，由官府指定當地有錢的大戶人家主持驛館事務，並給他們「驛將」或「捉驛」(「捉」就是掌管的意思) 等好聽的頭銜。他們除了負責管理、修繕、接待等事務，還得出錢彌補驛館的虧損。當然，這些驛將多是頭腦「靈活」的人，他們很善於利用驛傳的體系經商，這樣做不僅可以「以商補虧」，還可以為自己撈一些油水。有的驛將過不了幾年，就變身為巨商。

在唐代，以「靈活」的頭腦利用驛傳系統做事的，還有一件更有名的事情。先讀一下唐代詩人杜牧的〈過華清宮〉三首詩中的一首：

> 長安回望繡成堆，山頂千門次第開。
> 一騎紅塵妃子笑，無人知是荔枝來。

這首詩前兩句是寫自長安回望華清宮的繁華，後兩句寫的正是驛傳的事情。

據《新唐書・楊貴妃傳》記載：「妃嗜荔枝，必欲生致之，乃置騎傳送，走數千里，味未變，已至京師。」意思是，楊貴妃喜歡吃荔枝，而且一定要吃新鮮的，於是朝廷利用驛傳的騎手傳送荔枝，從南方的四川開始，許多騎手接力奔馳千里，日夜兼程，急送到京師，荔枝的新鮮味道並沒有改變。

妃子的歡笑是建立在騎手緊鞭急蹄飛奔的基礎之上的，而這件事情並不那麼光明正大，路上人們看到騎手疾馳的樣子，還以為是遞送緊急軍事情報呢，哪知道騎手背上竹筒裏裝的是荔枝！杜牧就是借用這件事情，諷刺唐玄宗與楊貴妃的驕奢。

大概是經常傳送荔枝的緣故，這條騎手接力奔馳的道路後來就被人們改稱「荔枝道」了（見樂史，《太平寰宇記》）。它大致從涪陵地區起始，經四川、陝西的一連串地方，最後到達長安。

到了元朝，按照蒙古語的譯音，每一個驛點稱為「站赤」，在漢語中也隨之改稱驛站了。驛站這個稱呼一直延續下來。再後來，驛字省掉，一個「站」字就成為交通站點的名稱了。今天的人們只是說：「您到哪一站？」而在元朝以前的人會說：「君至何驛？」（在今天的日文中，仍然用驛字，比如「京都驛」。）

由於元朝疆域特別遼闊，驛站制度備受重視，在全國設立的站點達一千五百多處，形成了以大都城（今北京）

為中心的稠密的交通網，東北達到黑龍江口，北方到達葉尼塞河上游，西南到西藏地區，範圍是空前的。

因為範圍廣闊，要跨越各種地理環境，交通工具的形式也是多樣化的。除了馬站、車站、舟站，還有牛站、轎站、狗站（狗拉雪橇）。

明朝的驛站也有一千多處，僱用的人員也是相當多。明朝末年，崇禎皇帝曾在大臣的建議下裁減驛站，結果導致大量驛站人員失業，成為流民，這其中就有銀川驛卒李自成。崇禎沒有想到，這個失業的驛卒竟成為大明的掘墓人。

驛站管理至清代已臻於完善，並且管理極嚴，違反規定，均要治罪。驛站配備的人員、牲畜（馬、騾、牛）都很充足。一般傳送速度是日行300里至600里。不過，在緊急情況下，可以跑得更快。例如胡林翼與太平軍作戰，佔領武昌、漢陽後，為了向心急如焚的朝廷報捷，以號稱日行800里的速度傳遞消息。朝廷得到消息，大鬆了一口氣，正式任命胡林翼為湖北巡撫，並賞賜高品的頂戴。

到了清代末期，隨着輪船、鐵路、電訊、郵政的陸續出現，傳統的驛站系統逐漸褪色。在光緒三十二年（1906），設立郵傳部，推進輪船、鐵路、電訊、郵政等事務，驛傳系統也就退出歷史舞台了。

回顧歷史，在中國這個幅員遼闊的國家，地盤廣大物產豐富，統治者也十分威風，但大有大的問題，皇帝儘管有萬里江山，但若是弄不好，顧了這頭顧不了那頭，就

會出「天高皇帝遠」的問題。關鍵是交通。千百年來，朝廷上下想到了除飛翔以外的所有手段，關於路，投下的功夫已經到了頭，關於車馬，也將它們用到了極限。「全國大跑馬」的辦法一直沿用到鐵路的出現。

現在已經是全國跑火車了，近些年又有了高速公路。高速公路不准馬車走，看來馬車已然功成身退。「大馬路」的名稱也漸漸被「公路」、「國道」、「高速路」等名稱取代，只有火車、汽車的發動機依舊用多少多少「馬力」來形容，算是對馬的一份紀念。

三　區分天下

把大地分成一個一個的區域，是地理學的一項基礎工作，也是一門獨特的本事。

　　地理區域，是我們比較熟悉的事情，它正是最基本的地理問題。一片土地如果很遼闊，一定存在內部的區域差異，大地之上的事物不可能是均勻分佈的，這是客觀事實。

　　在人類社會裏，也像自然界一樣，到處有不同的區域單元。有的社會單元的形成與自然環境基礎有密切關係，也有的與自然環境關係遠一些，不是那麼直截了當。比如北京和天津，兩個城市差不多在一個自然環境地帶，沒有太大區別，但北京口音與天津口音是如此的不同。在解釋這個「橫向」差別的時候，我們更多的不是關注自然環境，而要從社會歷史中找原因。還有唐山，離北京、天津都不遠，但唐山話講得又是一個樣。這是怎麼回事？我們在北京，也可以察覺北城、南城、郊區的口音都不一樣。

　　社會中的單元，特別是與自然環境關係較遠的社會單元，其成因更隱蔽一些，不像自然環境，在眼前，很直觀。社會成因往往隱藏在歷史裏，不是一眼就可以察覺的。正因為它隱蔽，研究起來就更有意思。

我們很難用一個區域概括所有的人文現象，很難用一個指標統帥其他眾多的指標，而只能是一個指標劃一類區域。劃出一個吃大米的地區，它能夠代表吃辣椒的地區嗎？不能代表。劃出一個愛吃酸的地區，能代表愛吃麵的地區嗎？不能。劃了一個愛吃驢肉的地區，能和有騎驢文化的地區劃等號嗎？也不能。

我們知道陝北人騎驢，新疆人也騎驢。貴州人不騎驢，黔無驢。江浙地區也不大見騎毛驢的，好像就是山陝及其以西，一直到新疆。當年庫爾班大叔表示要騎着毛驢上北京。在美國，共和黨的標誌是大象，民主黨的標誌是毛驢，可在美國見不到多少毛驢，很奇怪。當然，美國也沒有大象。

有些人文區域是鬆散的、相對的，比如宗教信仰區。的確在有些地方，人們會較多地信仰某一種宗教，我們可以把這個地區界定為某某宗教區。但這不是說其他地方就沒有信這個教的人了。特別是現在的社會，人口流動很頻繁，信仰宗教的人也在到處遷徙。信仰基督教的人哪兒都能找到，以後如果月亮上開闢居民點，基督教也會到月亮上去。我們如果確認某地為基督教分佈區，只能是相對的。

但有一些人文區域是比較嚴格的，不容易隨着人口的流動而變化。這主要是生態文化區。因為這類區域不是人類單方面創造出來的，還要有自然環境的一方。像漁業區、遊牧文化區、窰洞文化區，它們的形成都要依託自然環境基礎，所以不會跟着人口搬家。

總之，區域，是人文社會必定要表現出來的地理特點。

但是，反過來，對人文社會做區域觀察，又是人們的一種眼光。而人文社會的管理者，又會運用區域手段進行社會管理。從這個方面來說，區域思維又變被動為主動，成為人們觀察問題和解決問題的方法。

外地朋友到北京來找你，如果不告訴他你在哪個區、哪條街、哪條衚衕，而只告訴他你房子的樣子，朋友會氣死。如果外國朋友來，你只說住在中國，不告訴他哪個省、哪個市，他不是更暈嗎？

地址設立，其實就是一種分區管理。

早時，北京城的地址系統不健全，許多衚衕都沒有門牌號，那時候寄信寫地址只能是：

前門外 某某衚衕東頭 大鐵門裏 王先生收

如果王先生住的不是大鐵門的院子，只是像許多鄰居一樣，有一座普通木門，真不知地址該怎樣寫。現在有了清楚的門牌號，地址變得準確，省了郵遞員許多事。

區域、區劃，或者分區，或大或小（小如城市街區，大如地球七大洲），都是人類對於世界的認識方式、把握方式。這類事例在歷史上是十分豐富的。

九州，中國古代第一個大型地理分區體系

　　有兩個地理名詞在周代很有名，一個是「禹跡」，一個是「九州」。禹跡這個名字，現代人不大熟悉了，但九州這個名字，很多人知道。其實，這兩個名字差不多是一回事，至少，兩者的關係是很密切的。要是比較它們出現的時間，禹跡早於九州。

　　先說一下禹跡。禹就是大禹，是古代流傳的一位聖賢人物的名字，禹跡，就是指大禹做過事，留下痕跡的地方。

　　大禹做過甚麼事？我們都知道大禹治過水。大禹治水是個歷史名詞，這裏面都包含哪些內容呢？古書上說，大禹平水土，隨山刊木（伐樹開路），劃分九州。用今天的語言來說，大禹是做了治理、考察、規劃等一連串的工作。這些工作的總的結果是開闢出一大片文明的土地。這片土地就是華夏文明的地理世界，在這個世界裏，到處都有大禹留下的足跡。

　　「禹跡」於是成為一個名詞，一個地理名詞。它表述的是華夏這片文明地域。可以說，禹跡是華夏疆域的第一個名稱，先秦時代的人們普遍使用這個名稱來表示自己所在的位置。例如春秋時期的銅器秦公簋上的銘文就寫

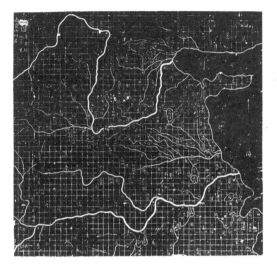

圖3.1 宋代《禹跡圖》

圖3.2 秦公簋銘文(右第三行下四個字是「鼏宅禹跡」,蹟即跡。)

着「鼏〔mì〕宅禹跡」(圖3.2),齊侯鎛鐘的銘文上也寫着「處禹之堵」(堵,土的意思)。歷史學家分析説,秦國在西方,齊國在東方,這分別處於東西方的兩個大國的人,都口口聲聲強調自己在禹跡裏面。他們為甚麼重視這件事呢?因為在那個時代,人們十分在意「華夷之辨」,就是對人要區分華夏還是蠻夷,華夏是文明人,蠻夷是野蠻人。一個榮耀,一個丟人。秦公、齊侯喊出自己的地盤在禹跡裏面,就是向世人宣告自己是文明人。

我們説華夏文明地區,是一個客觀存在的事實。但為甚麼要給它加上一個「禹」的頭銜?這顯然是古人有意的做法,目的是使得這片土地更加神聖,同時讓人們一起膜拜給大地帶來文明光彩的聖王們。大禹是一個真實的歷史人物嗎?他真的領導人們治理過洪水嗎?這些都是很難確定的問題,讓歷史學家們去努力吧。

《左傳》説:「芒芒禹跡,畫為九州。」在這句話里,我們看到了禹跡與九州的關係。九州是對禹跡的進一步分區,因為禹跡的範圍太大了,人們只説在禹跡裏,還是分不清東南西北。把禹跡分成九個區域,以後再説自己在甚麼州,就既表明了自己在禹跡裏面,也説清了自己的具體方位。

《尚書》裏面有一篇〈禹貢〉,〈禹貢〉所開列的九州是最清楚的,它們是:冀州、兗州、青州、徐州、揚州、荊州、豫州、梁州、雍州。另有些古書開列的九州名單與〈禹貢〉的不太一樣,但影響不如〈禹貢〉大,所以人們常説的九州就是〈禹貢〉九州。只有〈禹貢〉把九州的地理範

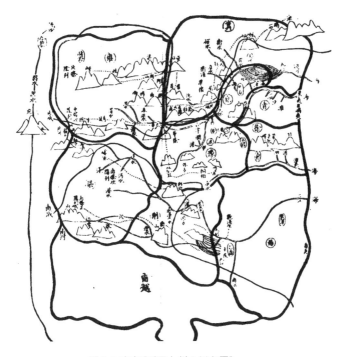

圖3.3 南宋《禹貢九州山川之圖》

圍做了清晰的描述。所以〈禹貢〉九州是可以在地圖上清楚地畫出來的(圖3.3)。

　　九州中的一些名字今天還在被使用,比如兗州、徐州、揚州、荊州等,當然今天這些州都是城市的名字,已經不是區域名稱了,但它們的位置仍然與古代的那些州有着直接的關係。

　　再看一下「州」這個字。州字在甲骨文裏就出現了(圖3.4),意思是水所環繞的一塊地方。後來在銅器上鑄刻的

圖3.4 甲骨文中的「州」字，很容易認出來

文字（因為是在金屬上的字，所以稱作金文）中，在竹簡上書寫的文字中，州的寫法差不多都是這個樣子。

在多水的環境中，州就是乾燥可居之地。這與治水的活動確實有些關係。治水，不就是把水排走，開闢出一塊塊乾燥可居的地塊嗎？怪不得古人把這兩件事情放在一起講，由此傳播開大禹治水、分割九州的故事。

州的概念，從水中的乾燥地塊開始，逐漸被廣泛地用來表示更大範圍的地區，最終成為一個普遍使用的術語，猶如後來的「區」。

「九州」，後來成為華夏文明區域的代名詞，這個詞中包含兩個基本的意思。第一是地理範圍。九個州包括了黃河流域、長江流域的大部分地區，這是華夏文

明最核心的地域。第二是完整性。九州組成了一個完整的地域，就是最早被稱作禹跡的那個地域。九個州，一個都不能少，少一個，華夏地域就不完整了。這一點曾深深地銘刻在華夏人的心中。南宋的詩人陸遊在生命的最後，正是懷着這樣的心情向兒女表述：「死去元知萬事空，但悲不見九州同。王師北定中原日，家祭無忘告乃翁。」

五服，事實加想像

　　社會人文區域大多會有一種結構，由核心區、外圍區、過渡區組成。在古代中國，人們根據一定的事實基礎，又花了一些想像的功夫，畫出了一個整整齊齊的華夏空間區域結構圖。它從中心向外面逐步延伸，越遠，文明程度越低，最後低到了蠻荒地帶。這一套結構，古人稱作「五服」。

　　五服結構也是在〈禹貢〉裏面講述的，後來被人們畫成圖（圖3.5）。

　　它表現的是一個方形大世界，也就是中國古人所說的「天下」。這個世界的中心是國都，然後向外圍層層延展，每500里一個層次，一個層次就是一個「服」（包含服用、服從的意思）。從裏向外，這五個服分別是：甸服、侯服、綏服、要服、荒服。

　　在這五個區域層級中，原則上是越向外圍走，文明層級越低。甸服、侯服可以說是核心區，算華夏文明區，綏服就是過渡區了，而要服，特別是荒服，離都城已經很遠，那裏已經感受不到文明的薰陶，是蠻夷世界了。

　　在具體的區域文明程度的定性中，古人有不同的說法，但越往遠處走，文化水平越低，華夏的文化特質越

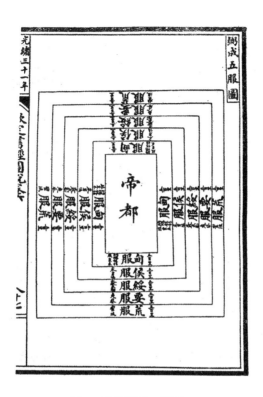

圖3.5 清代《弼成五服圖》

少，這是基本特徵。古人設計了這幅圖，就是讓人們接受一個由部分事實、部分習見所構建的世界觀：都城因為是天子所在，那裏就是世界的中心。所有的事情，在中心都是最好的。普天之下的人們，都來服從和膜拜中心吧。

古人對於世界的認知是「天圓地方」。四四方方，是理想世界的圖示，在現實當中當然不可能。但在觀念上，人們確實是這樣來理解華夏文化世界的。

還有一點，這幅地理圖表明，華夏、中國和蠻夷的差別，主要是文化的差別，不是血統的差別。古人講，中國人跑到蠻夷的地方，就會變作蠻夷。誰的文明程度低，誰就是蠻夷。到了近代，西方洋人來了，中國人開始稱洋人為蠻夷，但後來發現他們在文化上很棒，於是感慨道：「現在，他們成了中國，我們成了蠻夷。」這些話表明，誰是中國，誰是蠻夷，要看文化高低，不看血統。

　　但是在這幅五服圖上，誰是華夏，誰是蠻夷，要看地區。這就強化了地理上的一個秩序，表達出一份地理區域上的價值觀：中心具有最高價值。傳統時代的中國人，心裏揣着這張五服圖，他們的人生理想，就是向着中央都城的方向，前進，前進！

分區而治

把茫茫禹跡分割出九個州，除了便於做空間描述，也還有管理、掌控的意思。各個地區都要向中央貢獻珍奇物品，體現着文化上與政治上的雙重服從。

分區管理，分區而治，在中國歷史上有過多種形式，比如周代分封諸侯國，也是一種形式。每一個諸侯就是一方的首領，負責看好這一方的地盤。因為所分封的諸侯大多是天子的親戚，所以可以讓天子放心。

這種分區管理的辦法看起來是不錯的，但沒有料到，這些天子的親戚們私心越來越重，特別是後來世襲的子孫們，不再把天子放在眼裏，他們發展自己的實力，以強凌弱，吞併相鄰的弱小諸侯，擴大自己的地盤，甚至公開藐視周天子。最後導致天下大亂。

統一天下的秦朝，清清楚楚地看到了分封的弊端，所以採取另一種分區而治的辦法，這就是郡縣制。

秦朝最初設立了36個郡（圖3.6），後來，因政局變動，又增加了十來個郡。秦朝到底設立過多少郡，都有哪些郡？現在還不能做最後的結論。雖然秦郡問題是歷史地理研究的一個經典題目，或者說一個重點題目，學者們也拿出過十分精細的研究成果，但往往有這樣的情況，

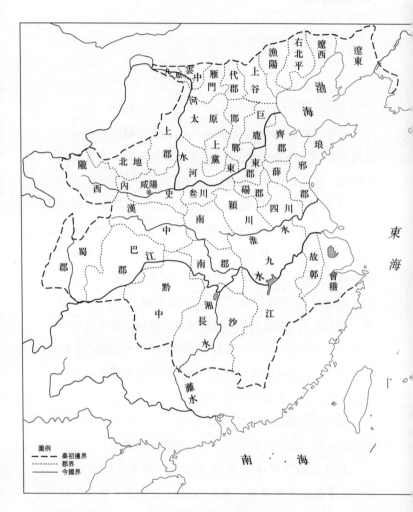

圖3.6 秦朝初年三十六郡示意圖

考古學家發現了新的秦代竹簡，裏面忽然出現新的郡的名字，學者們就又要忙一陣，把這個新發現的郡，妥當地放進秦朝設郡的歷史過程裏面。

在設立行政區劃的時候，還有一個要考慮的方面，即怎樣因地制宜，也就是怎樣利用自然地形而建立起最有利的政治區域局面。在這個問題上，有「因山川形便」與「犬牙交錯」兩個基本策略。

因山川形便，就是按照山脈河流的走勢，以山脈或河流作為政區之間的分界。這種分割方法很自然，很方便。它的起源很早，社會、政治地理單元與自然地理單元相吻合，識別的時候很清楚，在實施管理的時候也不必受到地理障礙的影響。

唐朝初年所設立的十道，是有名的採用因山川形便的方法的例子。朝廷根據山川的自然形勢，把全國劃分為十道，比如河南道，就是黃河以南、淮河以北，相當於今天的河南、山東的黃河以南部分，加上江蘇、安徽淮河以北的部分。河北道，就是今天河南、山東兩省黃河以北地區，加上北京以及河北、遼寧的大部。嶺南道，是兩廣，加上越南北部的一塊地方。

按照山川形便的方法，方便，但有一個很大的問題，那些環繞着政治地理單元的自然山川，很容易被某些地方勢力作為屏障，去實現其政治獨立的野心。簡言之，因山川形便，有利於割據自立。

於是犬牙交錯的辦法被發明出來（圖3.7）。假如有甲、乙兩個政區，甲區完全在山南，乙區完全在山北，這

就是因山川形便。犬牙交錯的辦法是，如果朝廷對乙政區不放心，那就把山南邊的甲政區延伸到山北邊，佔一塊地方，這樣山北邊的乙政區就沒辦法利用高山的阻隔鬧獨立、鬧反叛了。如果朝廷對兩邊都不放心，那就各向對方伸入一塊，在自然單元之間，是你中有我，我中有你，互相牽制。而朝廷在上，可以隨機駕馭。元朝的行省就是這樣設置的。

犬牙交錯是上級對下級的安排，兩個平級的人談判，多半不會這樣做。山川形便也好，犬牙交錯也好，古代戰略家們都是靈活運用的，可以一地一策，一時一策。另外，也不要以為在地圖上看到的所有政區界線，要麼是按照「山川形便」，要麼是實行「犬牙交錯」而形成的。其實，有些行政區劃的界線，「犬牙交錯」、「山川形便」已經不是出發點，而主要是從當地的人文因素考慮，例如歷史傳統、人口分佈、土地歸屬、經濟利益等等。

中國古代行政區劃的名字各個朝代不盡相同，層級不一樣，虛實也有變化。以下是幾個主要朝代的行政區劃略表。

秦：郡—縣

漢：(州)—郡—縣

唐：道(方鎮)—州—縣

宋：(路)—州—縣

元：行省—路、府、州—縣

明：布政使司(省)—府、州—縣

清：省—府、廳、州—縣

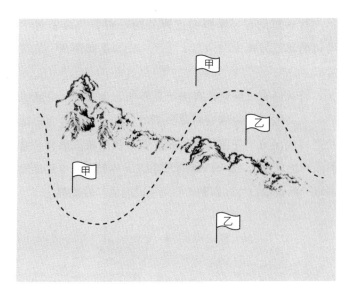

圖3.7 「犬牙交錯」示意圖

省，本來是中央機構的名字，比如中書省、尚書省，後來為了表示中央對地方的直接管轄權，就以「行省」的名義去管理地方的事，表示是中央的派出機構、分支機構。但是，慢慢地，省卻轉變為正式的地方行政區劃的名稱。這個轉變經過很長時間，而關鍵的時間段是元朝。明朝雖然改為布政使司，但人們習慣上仍然稱省，到清朝仍然簡稱省。另外，從明朝開始，中央機構不再使用省這個名稱了。

曾經有人提議，我們應該遵循古制，把省改回到州，或府，或郡，但很多人認為沒有必要了。

有意思的是，我們卻把傳統的中國古代政區名字用到翻譯西方國家的地名上去了，比如美國的州，英國的郡。

　　行政區劃，是最具有決定意義的社會分區，中國的許多人文地理現象都有行政區劃的背景。比如方言，就受到行政區域，特別是縣上面那個行政區域的影響。還有家鄉地理概念，中國人的家鄉觀念，不是基於自然地理區域，而是取自行政區劃，特別是縣級的行政區劃。

縣，中國人的根

縣，可以說是中國人的老家。兩個人初次見面，彼此一定會問對方的老家，也就是籍貫。在回答這一問題的時候，如果只說了省，是不夠的，一定會被追問「你是哪一個縣呢？」縣回答完了，籍貫老家的問題才算清楚了。所以，老家一定在縣裏。兩個人來自同一個縣，那是真正的老鄉，見了才會兩眼淚汪汪。

傳統的縣，不但有穩定的地盤，還有穩定的居民，可能有很多世世代代在這裏居住的家族。縣裏居民的口音、習俗都有自己的特點。當地的人憑口音中的微小差別，往往都能分辨出「您不是俺們縣的吧」？

今天多數人都知道，縣的普遍設立是在秦朝。很多人也會知道，縣的誕生，是在更早的東周時期，秦國、晉國等都是縣的發明者。有的縣是打了勝仗，滅了小國而設立的，這種縣一般比較大。有的縣是瓜分貴族土地所設立的縣，這種縣就小多了。還有些縣是把一些鄉歸併而形成的，這類縣也不大。後來，縣越來越正規，一般是「百里之縣」。

不過，縣與縣，不是比塊頭，而是比人口，人口是最主要的指標。人口多，密度大，地盤會小一些。而人

口少，密度小，地盤就會大一些。在秦漢時期，人口多的縣的縣官叫「縣令」，人口少的縣的縣官叫「縣長」。

歷史上，我國行政區劃制度各朝各代不盡相同，高層政區有的叫郡或者州，有的叫道或者省，它們不但名稱老變，分割方法也不一樣。但是，不管上層怎麼變，縣始終是基本單位。著名歷史地理學家譚其驤指出，自秦以來兩千多年，歷代設縣的轄境範圍變化不大，秦朝的縣大致有一千個，到今天還是兩千多個，而今天的疆域剛好是秦朝的一倍多些。

知道了甚麼時候開始設縣，就知道它所達到的開發程度，知道新縣是從哪個舊縣分出來的，就知道它的開發動力，也就是人，是從哪裏來的。

縣是最貼近百姓的一個區域性的行政單元，農工商學兵，山林路關卡，樣樣要管。縣太爺是位全職首長，他的責任真是不小。用成百上千個這樣的機構把萬里江山一塊塊管理起來，是中國的一大發明。原來可能是個蠻荒之地，只要一設立縣，就會逐步開發起來。所以，縣，又成為觀察某地歷史發展水平的一個指標。如果把一個地區設立縣的過程排一個時間表，那麼這個地區的開發歷史就顯現出來了。

在中央集權的體制下，縣太爺都是朝廷委派的，他代表皇上去做一方百姓的父母官。但是朝廷又擔心縣太爺們拉起地方勢力，反過來要挾朝廷。於是有人出主意，委派縣官的時候，盡量不用本地人，一個外地人去做官，下面的百姓沒有一個是他的親朋故舊，這樣他就很難

集結起地方勢力。這是個好主意，得到了推廣。

問題又來了，一個外地人來做官，甚麼都不熟悉，怎麼能拿準主意，辦好事情呢？為了解決這個問題，又有人想出辦法，讓每一個縣都編寫一本當地的百科全書，把歷史、人物、耕地、人口、山林、湖澤、物產、民情、風俗都寫清楚，來的新官，在「三把火」之前先通讀此書，不就可以解決問題了嗎？這也是個好主意，也得到了推廣。這樣寫成的地方百科全書，在古代稱為「縣志」。

當然，縣志的用處不光是官員參考書，特別是後期許多文人學者主動編寫的縣志，也成為地方歷史文化的結晶品。中國的縣志，以及各種地方志，因歷代不斷更新，累積起來的數字是驚人的。現在還能看到的方志（不包括山水祠廟等專志），有8,500多種，十幾萬卷。

因為縣是基本的人文地理單元，中國的地圖特別重視對縣的表現，許多分縣地圖在書店出售。美國也有縣（county），但他們的分縣地圖遠沒有中國普遍。在地圖上，中國人找到自己的縣，自己的家鄉，會感覺很親切的。

不過，縣，作為鄉情的傳統符號，現在卻開始漸漸消退了。例如北京市所有的縣都改成了區。由於現代化的飛速發展，中國基層社會開始巨變，傳統農業社會特徵越來越少，而現代產業文化、消費文化的特徵越來越多，為了適應這種變化，縣被改成區，比如房山縣改成了房山區，延慶縣改成了延慶區。有人說這有利於它們融入北京的大都市圈，另外，撤縣設區後，在感覺上，離城市也更近了。

對縣改區這件事倒是應該好好想一想，縣這個古老名稱包含着濃濃的家鄉溫情、長長的歷史記憶，從地名文化遺產保護的角度考慮，我們不必把所有縣的名稱改掉，還是應當保留一些縣的名稱吧。

司馬遷的經濟區劃

　　司馬遷為了寫歷史，跑了許多路，他對於天下大勢，可以說有直接的觀察。在這些觀察中，包含地理區域識別，他把自己對於區域的見解寫在了《史記》裏。

　　司馬遷最有名的區域分劃見解，是〈貨殖列傳〉中所寫的四大經濟區。〈貨殖列傳〉這篇文字是寫經濟的，因為包含了很好的經濟分區思想，也可以說是寫經濟地理的。

　　在〈貨殖列傳〉中，司馬遷提出了四大經濟區：山西、山東、江南、龍門、碣石以北。這裏的山西、山東不是今天的山西省、山東省，而是以河南的崤山為界所區分的東、西兩大區。

　　原文是這樣的：

> 夫山西饒材、竹、穀、纑、旄、玉石；山東多魚、鹽、漆、絲、聲色；江南多楠、梓、姜、桂、金、錫、連、丹砂、犀、玳瑁、珠璣、齒革；龍門、碣石北多馬、牛、羊、旃裘、筋角。

　　在對這四大經濟區的描述中，開列了各地具有商業價值的物產。在這些物產中，有些是比較稀罕的物品，

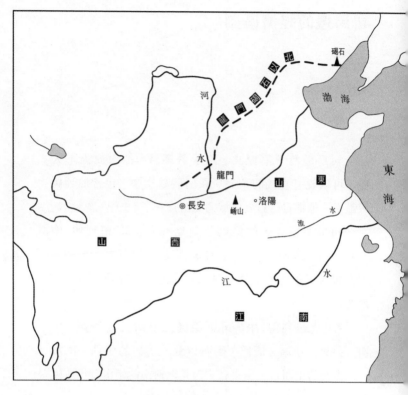

圖3.8 西漢四大經濟區示意圖

但有些是基本的、大宗的東西,這些最能代表區域的特
點,像山西的木材,山東的魚鹽,江南的金錫,龍門、碣
石以北的馬牛羊等。

　　山西,包括關中盆地和黃土高原,那裏是傳統的木
材產區。山東,瀕臨大海,魚鹽之利在商代就已經顯現
出來。江南,大多是南方物產,但銅礦、錫礦是早已聞

名的重要資源。龍門、碣石以北，是畜牧業的世界，那裏有良馬、筋角。

在這個分區格局中，人們最稱讚的是對最後一個區的識別，這個識別需要特別的眼光。注意一下分區的界限，可以看出，前面三個區的劃定，都是依照山川格局，山西、山東、江南，都有現成的自然界線。但是龍門、碣石以北，卻不是現成的自然界線。看一下地圖，龍門與碣石是兩個點，兩點連一線，這是一條綿長的人文地理分區大界線，在這條線的中間部分，乃是橫截太行山脈。自然的格局被斬斷，而人文的格局呈現出來。這就是司馬遷的高明之處。

我們看地圖，有些河流山脈會構成一條界線，分割出不同的地理區域。比如長江，分出江南江北，再如陰山，分割農耕與遊牧地區，更有意思的是四川盆地，是由四面的群山所環繞着，在地形圖上，中間的綠色平原十分醒目，樣子真像一個大臉盆。

但是用深刻一些的人文地理眼光看問題，僅僅依賴自然的山川走向來認識區域，就太簡單了一些。有些人文地理現象的界線，並不是由一條河或者一條山系確定的，要找出這樣的界線，就不能只靠眼睛，還要靠腦子。

在中國的遼闊疆域中，有些人文地理界線是很綿長的，這是大地域社會的特徵。在把握中國地理知識的時候，眼光小了不行，一定要有宏遠的視野。

我們都聽說過「胡煥庸線」，這是地理學家胡煥庸在20世紀30年代，經過細緻的考察與研究，在中國大地上

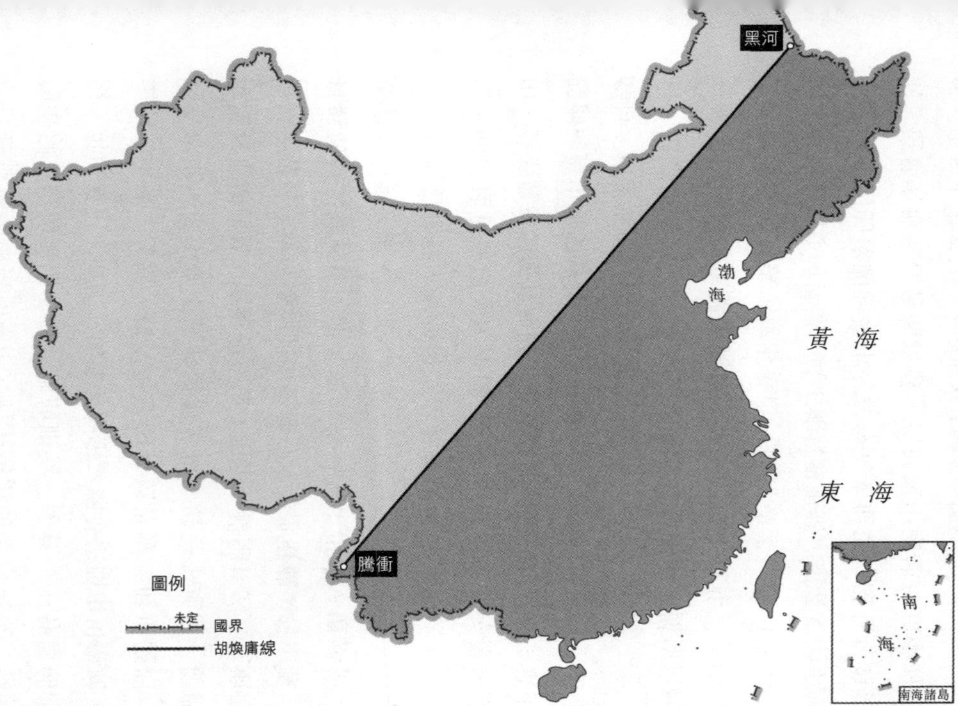

圖 3.9 「胡煥庸線」示意圖

圖例

未定
國界
胡煥庸線

騰衝

黑河

黃海

渤海

東海

南海諸島

南海

畫出的一條人口分界線。它從黑龍江的瑷琿到雲南的騰衝，是從東北斜向西南的一條大界線。界線兩邊的人口密度極不平衡。這條線，翻山越嶺，跨過高山大河，徑直延伸。它為甚麼沒有遵循山川格局？因為影響這個線路的不僅僅是地表的山河形態，還有天上的氣候和地上複雜的社會歷史（圖 3.9）。

兩千多年前的司馬遷所提出的經濟分區的見解，為我們認識那個歷史時代提供了重要的基礎知識。我們一般講的經濟是社會的基礎，絕不是指一些簡單的經濟數字，它還包括經濟發展的格局。格局，就是區域地理關係。

司馬遷在四大經濟區的內部，還區分了許多次一級的中小區域，例如：關中、三晉、巴蜀、三河、中山、西楚、東楚、南楚等等。這些區域既有經濟特點，也有文化風俗特點，司馬遷的描述十分生動，讀起來，就彷彿身臨其境。（司馬遷關於文化風俗的分區，我們後面要講。）

司馬遷為甚麼要把經濟區域，還有經濟人物，講述得如此詳細呢？他說：「請略道當世千里之中，賢人所以富者，令後世得以觀擇焉。」意思是：我把當代千里大地上的人們致富的原委大致講一講，好讓以後的人們能夠做正確的觀察與選擇。

區域認同，關中

區域認同是一個人文地理概念，它的內涵很豐富，包括人們對於區域的判斷：哪個區好，哪個區不好，哪個區對自己有親切感，哪個區是完全陌生的，做哪個區的人得意，做哪個區的人鬱悶，等等。

在古代，關中曾經是最令人驕傲的地區。

關中這個名字，在今天很少用，但稍一讀書，特別是讀中國歷史的書，這個名字就頻頻出現了。關中在古代很有名。

關中是個地區的名字，在先秦時期就出現了。「關中」的意思就是「關的裏面」，那麼「關」是指哪一個？關於這個問題，古人留下了不同的說法。我們這裏贊同唐朝學者顏師古的說法：「自函谷關以西，總名關中。」關，是指函谷關，關中，即函谷關的裏面，在函谷關以西。這裏有一個相對方位的問題。稱關的西邊是關中，證明說話者是以函谷關的西邊為「裏面」的。而東邊就是關外。為甚麼西邊是裏面，因為在歷史的很長的一個時期，強大的都城，比如西周的豐鎬、秦國的咸陽、漢唐的長安，都在關的西邊，那裏是天下的腹心地帶，當然算裏面。

從自然地理上看，關中的核心地區是陝西省秦嶺北麓的渭河沖積平原，平均海拔高度在 500 米左右，渭河平原北面是一層層升高的黃土高原，西面是隴山山地。關中的東面有黃河、華山。關中平原實際上是一個不大不小的盆地。

　　關中盆地平原上最重要的一條河流是渭河，渭河從西到東橫貫關中，最後注入黃河。渭河有一條支流也很有名，叫涇河。有一個成語「涇渭分明」，是說兩件事情判然有別。涇渭為甚麼分明？這是一個自然地理現象。涇河之水在注入渭河的時候，兩條河的水並沒有立刻混合起來，而是你是你，我是我，並流了好長一段。岸上的人看下去，兩股水之間有一條界線，兩邊水的顏色、渾濁程度都不一樣，差別十分清楚，所以感慨：真是涇渭分明呀！後來，這句話被引申開來，比喻各種判然有別的事物，就變為了成語。

　　在人文地理上講，關中有一個好處，既有交通性，也有獨立性，兩頭全佔着。這樣的好地方在中國是不多的。說交通性，是指它四面通關，可以聯絡遠方。比如西北面有蕭關，過了蕭關可以到達寧夏、甘肅地區。關中的正北方還有一些通道，可以一直到達黃河河套地區。關中的西面有大散關，號稱川陝咽喉。秦漢時期，劉邦大軍所謂「暗渡陳倉」，就是取道這裏。往東南看，有武關，過了關就可以到達南陽地區。往東更不用說，過了函谷關就是發達的中原地區。說獨立性，是指它有山嶺環繞的盆地特徵，上面提到的那些關，和平的時候是通

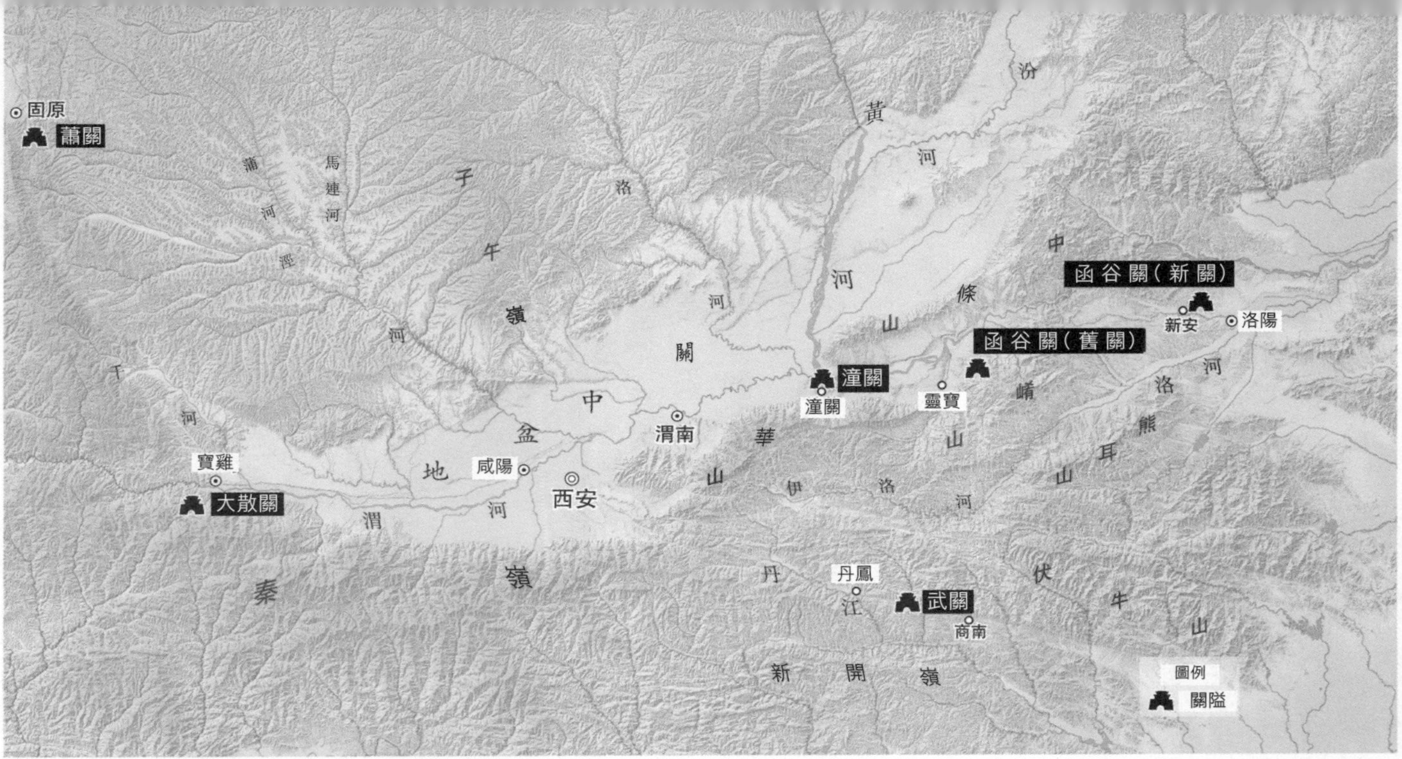

圖 3.10 關中平原示意圖

道，而出現威脅的時候又都是便於據守的要塞，能夠為關中地區帶來平安（圖3.10）。

看一下當年劉邦決心定都關中時的一場對話：

> 劉敬說高帝曰：「都關中。」上疑之。左右大臣皆山東人，多勸上都雒陽：「雒陽東有成皋，西有崤黽，倍河，向伊雒，其固亦足恃。」留侯曰：「雒陽雖有此固，其中小，不過數百里，田地薄，四面受敵，此非用武之國也。夫關中左崤函，右隴蜀，沃野千里，南有巴蜀之饒，北有胡苑之利，阻三面而守，獨以一面東制諸侯，諸侯安定，河渭漕輓天下，西給京師；諸侯有變，順流而下，足以委輸。此所謂金城千里，天府之國也，劉敬說是也。」於是高帝即日駕，西都關中。（《史記·留侯世家》）

（白話翻譯）：劉敬勸說高祖（劉邦）：「要把國都建在關中。」皇上猶豫不決。此時身邊的大臣都是家鄉在崤山以東的人，他們大都勸皇上到洛陽建都，說：「洛陽東有成皋，西有崤山、澠池，背靠黃河，面朝伊水、洛水，防守堅固，完全靠得住。」但是留侯張良認為：「洛陽雖然有這些險要，但它地區狹小，方圓不過數百里，而且土地貧瘠，四面受敵，這在軍事上是不利的。而關中地區，左邊有崤山、函谷關，右邊有隴山、蜀山，沃野千里，南邊有富饒的巴、蜀，北方有胡人的牛馬之利。關中依靠險阻而固守三面，獨以一面向東，控制諸侯。諸侯安定的時候，可通過黃河、渭水轉運天下的糧食，向西供給京

師。如果諸侯有亂，順流而下，足以滿足出征軍隊的補給。此所謂金城千里，天府之國。劉敬所言是正確的。」於是，高祖當天就起駕，西進，建都關中。

原來，關中是第一個擁有「天府之國」稱號的地方。關中這個盆地，平原沃野，所謂「八百里秦川」，早在遠古的時候就是人類生存的好地方。考古學家在這裏發現了不少新石器時代的村落遺址，有的遺址內容豐富得很，於是成為研究原始社會的標本，比如西安的半坡遺址、臨潼的姜寨遺址。後來的周人、秦人在這裏紮根發展，一步步壯大起來。以關中為基地，除了東方，其他方向都沒有強大的對手，而自己又守着這八百里富庶的平川，怎麼能不順利壯大起來。周人以此為基地，首先統一了「天下」，建立了分封制的周朝。後來的秦人，沿着周人的辦法，又一次統一了「天下」，建立了郡縣制的秦朝。這兩個朝代在中國古代文明的開創上，都有頂級的功勞。

司馬遷說：「關中之地，於天下三分之一，而人眾不過什三，然量其富，什居其六。」（《史記・貨殖列傳》）司馬遷這裏用的「關中」概念，包括了秦國故地，其富冠天下的聲望，再加上關中盆地裏京師的至高地位，令「關中」這個區域，獲得了人文上強勢的、優越的地位。

因為關中是如此重要、如此發達的地區，所以生活在關中的人，都很驕傲自得。而沒有在關中落下戶口的人，則有些鬱悶。有一個流傳的故事，說西漢有位官員叫楊僕，有些功勞，「上以為能」，受到漢武帝的認可。可是有一件事情，楊僕想起來就不快。他的籍貫在函谷關

圖3.11 老函谷關舊址，仿古建築是現代修建的

圖3.12 新（漢）函谷關遺址，關門是後代修復的

圖3.13 漢瓦當上的「關」字

以東的宜陽縣，算是關外，楊僕「恥為關外民」。後來，他憋不住了，向漢武帝申請把函谷關向東搬一搬，他寧願出錢贊助。漢武帝本來就「好廣闊」，於是給了楊僕一個順水人情，把函谷關從原來靈寶縣那裏，東移300里，搬到了新安縣。楊僕終於如願成了關內民。而這樣，歷史上就出現了兩個函谷關，一新一舊（圖3.11、3.12）。這個故事是喜歡蒐集風俗傳聞的應劭（東漢人）講的，其情節並不可靠，把函谷關搬家其實另有原因，但故事中所透露的人們以居關中為榮的風俗應該是真實的。

不過，函谷關最終還是在東漢三國間被放棄了，而在西邊離黃河自北折向東流的大拐彎處不遠的地方，修建了潼關，這樣，潼關又成了關中的東大門。人們開始讚美潼關，比如杜甫就有描述潼關險要的詩句：「丈人視要處，窄狹容單車。艱難奮長戟，萬古用一夫。」（〈潼關吏〉）後來的乾隆皇帝到了這裏，一時興起，把山海關的事忘了，提筆給潼關題寫了「第一關」的御書。

其實，在乾隆皇帝的時候，也就是清代，關中地位

的重要性已經下降很久很久了。這個變化是由於都城位置的改變而引起的。自宋朝開始,統一王朝的都城不再放在關中,而是搬到了東部,最初在開封,後來又改在北京。文人們先是改口讚揚開封,說開封是「南通淮泗,北接滑魏,舟車之所湊集」;「八荒爭湊,萬國咸通」;再是改口讚揚北京,說北京是「幽燕之地,龍盤虎踞,形勢雄偉。南控江淮,北連朔漠」;「燕薊為軒黃建都之地,辰山帶海,形勢之雄偉博大,甲於天下。我朝定鼎於茲,鞏億萬載丕丕基,美矣,茂矣」。不過,不管後來的人們怎樣追逐皇帝的鑾輿唱讚歌,關中的歷史地位卻是不可動搖的。今天,每當我們閱讀《史記》《漢書》《資治通鑒》,我們都會浮想聯翩,感懷當初關中的盛況。

四

環境天設，人文乃成

環境，人類曾對其充滿好奇和疑問。環境裏面的事物太豐富、太巧妙、太神奇。它是哪兒來的？古人認為這個妙不可言的「環境」（就是周圍那個大自然界），裏面包含着高超的智慧。那麼，又是誰的高超智慧呢？為了回答這個問題，神的概念誕生了，許多古老文明都認為是神創造並管理着世界。這個解釋讓人類的好奇心滿足了幾千年，直到近代科學誕生，神性自然的解釋才慢慢消退。

　　不管是神性還是科學性的環境，人類在裏面生活，都有好壞兩個方面的體驗。對於這些體驗，古往今來，人類總要找出其背後的根源。除了好與壞，還有一個有趣的問題，那就是人文多樣性的體驗。在醫生眼裏，東西南北的人大概都差不多，但人們一回家過日子，不同地方的人卻能過出不同的花樣。這裏面也有環境的影響。關於這類問題，在地理學上稱為文化生態。

　　地理學家常說，人、地是一個系統，人的活動，從大的歷史到小的地方風俗，都有環境的影響。接受環境的影響，適應環境的特點，克服環境的阻礙，是人地關係中最重要的幾個方面，是人類在求得發展時，首先要做好的事情。而在這個過程中，因為面對的環境不同，就形成了不同的人文風格。

生態：一方水土，一方人文

　　先看兩張照片：北方山區、江南水鄉。

　　這是兩種不同的生態景觀，屬於居住文化。它是從天空到地面，全套自然地理要素（氣候、降雨、水文、土壤）綜合作用的結果。當然，中間最重要的主角——人，是決定性的。

　　從中國南方的文化景觀（圖4.2），可以看到南方文化生態的特點，包括田地的特點、聚落的特點等等。水是南方重要的地理要素，許多文化特點都與它有關。

　　南方的房子與水很親近，可以蓋在池塘或小河的水邊、水上，形成倒影，很好看（圖4.4）。北方有沒有把房子蓋在河邊的？很少。在北方找村莊的倒影，找不着（圖4.3）。因為環境不同。南方的水是穩定的，像這幅圖裏的情況，如果水位提高半米，房子就會被淹了。房子既然在這裏蓋了，說明水不會漲起來。而北方的水會隨着季節大起大落，大進大退。人們選擇聚落的位置，當然要躲開漲水的最高位置，必須遠離一般的河床主體。到河南看黃河，河床非常寬闊，兩岸很遠都沒有房子。所以，房屋聚落與水的關係，南北不同，於是人文景觀不同，各自形成一套文化生態。

圖4.1 北方山區

圖4.2 江南水鄉

圖4.3 在北方，房子要遠離河水

圖4.4 在南方，房子可以離水很近

圖4.5 《回娘家》(李心宇繪)

　　這是一幅回娘家的圖片（圖4.5）。我們看到黃土高原的環境特點，看到人的裝束，看到毛驢。這是一幅完整的生態文化景觀。美國文化地理學者索爾（C. Sauer）提出：路，是我們研究的地理內容，在路上走的人，也是我們研究的地理內容。在圖上，我們不僅要注意小路，還要注意小路上行走的人。他們是甚麼人？用甚麼方式在「這樣」的路上走？把人與環境結合起來，可以解讀很多東西。

　　再看兩張橋的照片（圖4.6、4.7），一座是南方的橋，一座是北方的橋。一般看橋，容易選擇純美術的角度，欣賞它們不同的建築美學。南方樣式的橋，弧度很大，

圖4.6 南方的橋

圖4.7 北方的橋

有線條美。北京頤和園的西堤上有一座大弧度拱橋（北京百姓稱其為「羅鍋橋」），那完全是為了裝點風景，是皇上硬要的。北方真正實用的橋是平直的，很大氣。大弧度拱橋在北方基本沒有。南方、北方橋的樣式的差別，最初並不是出於美學選擇，而是一項文化生態的結果。南方河流縱橫，是舟楫世界。橋下要走船，所以弧度必須大，上面的車走起來方便不方便，是次要的。北方是輪車世界，不大考慮船的事情，所以橋面要盡量平坦，不容許大的弧度，以便於車輪行駛，下面的船能不能過去，不大在意。橋的例子說明，許多文化景觀中的事物，首先是滿足生態功能的需要，定型以後，逐漸被人們提升、欣賞為地方藝術風格。這是文化生態學的很典型的小例子。

下面這個問題也很有意思。學自然地理的人都知道有「垂直氣候帶」，是說山區因為高度變化所產生的氣候差別。而文化生態系統也是這樣，除了平面的系統，還有立體的文化生態系統。我國哈尼族生活的地區就是一個立體文化生態系統的例子。這是在歷史中形成的（圖4.8）。

那是個山區，分上、中、下三個不同的部位。高山區溫度低，濕度大，有茂密的樹林，降水多，水源穩定，野生動植物資源豐富。中山區最適合蓋房子居住，低山區則適合種莊稼。我們看到一個縱向結構的生態體系。在古代的生產方式下，它是個獨立的小康社會。這個例子說明，人類在自然環境中生存，很善於在自然環境中發現差異，並利用這些差異巧妙安排生活的空間結構。

圖4.8 紅河哈尼梯田

　　不過，關於哈尼族的照片，一般只有關於房子和梯田的，很難找到高山區的，因為攝影師們沒有完整的立體生態概念，他們只是直觀地看到房子和田地，沒有注意山頂上的生態意義。

　　哈尼族的生態景觀是一個總結果，是人類開發環境、利用環境做出的合理安排，形成了一個成熟的人文體系（也就是文化生態體系）。如果是動物，它們只能直接利用環境中的資源，形成自然生態系統。但人不一樣，人既可以直接消費環境資源（高山區的植物、動物），還可以間接利用環境資源（水、土壤）進行創造性生產，這就是文化。比如梯田，是改造了的土地資源，是文化地理現象。

用文化與環境對接,擴展了人類對於環境資源的利用範圍與深度。人類不斷地加深認識,不斷地加深資源利用。在人類歷史中,存在着這樣一個發展的進程。

閱讀窗

美國樹林墓地

在美國歷史的早期,東南部的一些州相對落後,對資源開發不深,環境的潛力沒有完全調動起來。人們常用一個小故事來嘲諷這種情形:1890年的某一天,在南方的一個州裏,一群人在松林裏給一位死者修建墓地,他們在岩石地基上費力地鑿出墓穴,松木棺是從俄亥俄州買的,大理石墓碑是從佛蒙特州運來的,死者穿着紐約製作的外衣、辛辛那提製作的襯衣、芝加哥製作的鞋子。當地人對於這個墓地的貢獻只是一具屍體。仔細觀察一下,當地並非沒有資源(岩石、松木),但沒有得到利用。這個例子說明,自然資源雖然存在,並不一定立即進入文化生態系統,還需要社會的發展。所以,人類文化生態的平衡不是靜態的,而是與時俱進的。自然是基礎,人文是推進力。動物沒有文化,它們的生態系統是靜態的。我們觀察人類世界,在發展快的時代,隔幾年就會變個樣,但看動物世界,不可能幾年就變,除非是受到人類的干預。

人與環境的關係

　　這是一個在歷史中不斷被討論的問題，是一個有關地理思想性質的問題。人們在地理方面的行為中，也是有思想的。人怎麼能光做事，不想事呢？

　　在人與環境的關係上，歷史上出現過若干種見解，不同程度地擺放人與環境的比重關係。

　　環境決定論與文化決定論是兩個極端。環境決定論大家比較熟悉，在19世紀最盛行，是把自然環境擺在最重要的位置，人的一切都是由自然環境決定的。文化決定論是另一個極端，把文化擺在最重要的位置，文化可以決定一切。

　　近代，在科學興起的背景下，有句名言：知識就是力量。好像有了知識，就甚麼也不怕，甚麼都能辦到。人對自然的看法曾經達到這樣一個高峰，人可以改天換地，可以打造一個全新的自然。進入現代，人類對於自己更是充滿自信，以為科學技術的法力無邊。在一些影視作品中（特別是關於未來想像題材的作品中），可以看到完全沒有自然的山、自然的水、自然的土地的場景，許多故事發生在純粹的人造水泥鋼鐵塑料空間裏（圖4.9），人類彷彿要完全擺脫自然。走到這一步，代表了一個非

圖4.9 想像的未來世界

常極端的思想，自然的山、自然的水、自然的空間都不需要了。這是一個文化決定論的巔峰時代。

在兩個極端見解中間，有比較靈活的見解，不那麼絕對化。「可能論」就是一種。這種思想認為，人在特定自然環境中的發展，有幾種可能性，人可以選擇其中任何一種，非常主動。還有一個「適應論」，把人看得稍微被動些，人不能任意做選擇，而是要適應環境。

不管怎樣，人類逐漸明白，人是不可能離開自然環境的。人和環境的關係，應該是和諧的關係，可持續發展的關係。從思想上認識了環境危機，就可以在實踐中結束環境危機。「滿足當代人的需求，又不損害後代人滿足其未來需求的能力。」這是世界環境與發展委員會關於「可持續發展」的一個定義。（世界環境與發展委員會，《我們共同的未來》，1987。）

環境是給人類預備的嗎？

　　古希臘的大學者、大思想家亞里士多德提出，環境中有一級一級的潛能（潛在的可能），人可以把自然資源中的潛能開發出來，變為成果。比如土，可以燒成磚，把土的潛能實現成磚。變成磚之後，可以再升一個層次，磚成為潛能，用磚蓋房子，實現磚的潛能。這是生態系統的層級結構。

　　亞里士多德還是一個著名的目的論者，他說，自然界中某一樣東西的存在都是為另外一樣東西做準備的。最高等級的使用者就是人類，人類高高在上，要使用自然界的一切東西。自然界彷彿就是給人類預備的。後來的基督教也這樣認為，以為自然界的各種資源都是給人類預備的。

　　中國古代也出現過類似的觀念。戰國時，齊國的田氏組織聚餐，有人帶來一些魚和雁。田氏看了感嘆道：老天對於人類真是厚道，又準備了五穀，又準備了魚類禽類給我們食用。眾人都高聲附和。（「中坐有獻魚雁者。田氏視之，乃嘆曰：『天之於民厚矣！殖五穀，生魚鳥，以為之用。』眾客和之如響。」）在座有一個十二歲的天真少年卻不同意，他反駁道：「狼和老虎都吃人肉，難道人

圖4.10 大魚吃小魚，小魚吃蝦米

肉是給狼和老虎準備的嗎？蚊子叮人的皮膚，難道人的皮膚是給蚊子準備的嗎？」大人們都被問得啞口無言。（《列子·說符》）這個故事表達的是道家思想，道家認為事物都是自然自在的，並不存在目的關係。

實際上，自然界各類事物之間的關係不是預先設計的，而是通過選擇建立的聯繫。在生態問題上，不注意，就容易走到目的論，好像甲物就是為了乙物才誕生的。實際上正好相反，是後者選擇了前者。俗話說：大魚吃小魚，小魚吃蝦米（圖4.10）。這實際上是自然界的一種依存關係，選擇關係。不能說小魚是為大魚準備的，蝦米是為小魚的。這樣說就等於承認人是給狼準備的，或者人是給蚊子準備的。沒有這回事兒。

動物界存在生態系統，但人的生態系統問題要大得多，複雜得多。對於動物來說，選擇向陽的山坡、小溪的近旁，等等，就夠了。而人類的生態系統還包含對環境的改造，人類學家、歷史學家提出農業革命（農業出

現)、城市革命(城市出現),這是兩次非常大的、具有人類意義的生態體系的建立。

人類發展農業的意圖我們都知道,是人從被動接受自然、利用自然轉變為主動開發自然。「開發」是關鍵詞。由於人的活動,自然界中好像出現了一個「目的」,其實,它是人的目的,不是自然界自身的神秘目的。

農業革命是人在自然環境中所做的第一項大變革、大翻身。不過,農業是不能脫離原有環境的直接資源的。下一個革命,即城市革命,卻是(表面看起來)朝着脫離自然環境的束縛的方向發展,它建立的是屬於另一種性質的生態系統。

城市的建立當然要依賴周圍的自然環境,要與河、湖、山、林等搞好關係。不過,在本質上,城市裏面的居民生活卻不一定像農村那樣依賴近旁的土地,講城市和農村的差別,這是很重要的一點。

早在漢代,人們在認識城市的時候,就已經強調城市與大道(而不是周邊農田)的關係。司馬遷在《史記‧貨殖列傳》中曾對此大發議論。《鹽鐵論‧力耕篇》也說:「自京師東西南北,歷山川,經郡國,諸殷富大都,無非街衢五通,商賈之所湊,萬物之所殖者。」意思是,京師長安的四面八方有許多殷富的大都市,它們如此繁榮,無非是因為地處交通要道之上,有各地商人爭相匯聚,各種商品盡情買賣。

城市可以從很遠的地方調運物資,來支持城市生活。我們都知道美國的拉斯維加斯,看過電影《一代情梟

圖4.11 原始時代的農具

圖4.12 美國拉斯維加斯，建設在乾旱的環境中

畢斯》(*Bugsy*)的,也都知道拉斯維加斯是建設在甚麼樣的環境中。那是個貧瘠的不毛之地,很乾旱。這樣的環境如果在農業時代,是沒有意義的。正是人類的城市文化,推動了它的誕生(圖4.12)。

越來越發達的交通體系,成為城市的地理基礎。交通行為在人類生態學上特別重要,那是一種突破簡單生態系統的高超能力。利用交通手段,人可以在更大範圍內整合自己的生態系統。城市並不是不要自然,而是要在更大的範圍內組合自然要素。我們雖然在內地,但可以吃海裏的魚鹽。人在海邊,也可以使用高原的石料。這是人類獨有的生態。

人類可以在遼闊的地理範圍內,組建由多種要素構成的文化生態結構,城市正是這種跨自然區域組建社會生活的工具,它不僅整合自然要素,也在整合越來越多的社會文化要素。城市是生態大協作的需要,也是生態大協作的產物。城市不是自然界給人類預備的東西,城市是人類的創造。

地名與生態

　　地名是一種地理記憶，有些地名含有明顯的生態特徵。

　　從文化生態的角度觀察地名，可以看出兩類，一類是原生態的地名，一類是非原生態的地名。原生態地名是在原來的生態（或者自然生態，或者文化生態）環境中，在社會的基層形成的。而非原生態的地名，是社會的上層，或者是文化人，或者是政治家，所命名的，是自上而下產生的，往往有高尚的、優美的、吉祥的含義。先看一個地名單子：

> 十里堡、守陵村、杏壇路、張家灣、四眼井、鐵獅子墳、人民路、柳林、歸綏、承德、友誼關、石家莊、西四。

　　在這個名單裏能看出哪些是原生態地名，哪些不是原生態地名嗎？十里堡，是原生態的。守陵村，守陵村在河北滿城，那裏果然發現了漢代的貴族大墓，算原生態的。杏壇路，北京有很多人每天從杏壇路過來，進北京師範大學的西門，這個路的名字是原生態的嗎？不是。杏壇原是曲阜孔子上課的地方，雖然這個地名與北師大

有吻合的地方，但杏壇路是自上而下有意識的命名，不是本地原生態推出來的。張家灣，原生態的。四眼井，原生態的。鐵獅子墳，原生態的。人民路，不是了。原生態中沒有「人民」這類社會概念。柳林，是原生態的。歸綏，不是。承德，不是。友誼關，不是。友誼關在20世紀50年代叫鎮南關，後來覺得這名字不好，妨礙中越友誼，於是改成睦南關，但仍覺得不平等，有以我為主的味道，最後改成了友誼關。它當然不是原生態的。石家莊，原生態的。石家莊的人說，現在都成了大城市，成了省會了，名字還叫石家莊，不夠檔次，應改名。改名，常常是從原生態的詞彙概念改成高層文化的詞彙概念。北京的西四，那裏原來有四個牌樓，於是叫四牌樓。它在北京城西邊，所以叫西四牌樓。東邊還有東四牌樓。但是漢語裏唸起來最舒服的名字是兩個字，於是流行「西四」「東四」的稱呼。漢語裏面叫一個字的地方也極少，一個字唸起來很彆扭。在人名上也是這樣，叫一個字我們不習慣。

不難看出，非原生態的東西是自上而下來的，甚至是外來的。原生態是在土壤（文化土壤）裏長出來的東西。非原生態的命名，不是從本地環境特徵出發，而是常常用沒有甚麼地方文化意義的普遍概念、大文化概念來命名。

下面，我們再從文化上來進一步觀察地名。

地名是人文地理的基本要素，是地圖的主要內容。地名除了有生態性，還有區域性、文化性、傳播性。

地名是一種依託大地的文化，展開地圖，就看到大批地名。而品味這些地名，可以體會到它背後的文化、歷史，是件很有意思的事情。很多人看地圖，特別喜歡看地名。

不同社會文化中的地名有很大的差別。看美國地圖，發現美國地名中有很多是人名，他們喜歡以人名作地名，如華盛頓、休斯敦等等。在中國地圖中，則沒有多少用人名來作地名的。中山，是民國時候起的地名。北京的趙登禹路，是為了紀念抗戰將領。在傳統時代，在清朝以前的歷史時代裏，找不到用人名作地名的。尤其是縣以上的地名，府城、州城、省城，我們看不到人名。在民間基層有姓氏地名，如張家莊、李家莊等，但「大地方」的地名中沒有這樣的。現在，石家莊從小地方變成大地方了，所以許多人提議要改名。

即使是基層地名，如張家莊、李家莊，趙家村、王家村，它是家族長期居住的地方，在命名時可以叫姓，但不能叫家族的某個祖宗，把祖宗的名字放到地名上，不行，只能是把姓氏放在地名裏。這反映基層文化和家族居住歷史，與居住體制有關係。

中國古代更不能用帝王將相的名字作地名。美國流行這種做法，因為華盛頓偉大，華盛頓的地名到處都是。說首都華盛頓時必須加上 D.C.，否則不知道是指哪裏的華盛頓。如果中國也像美國那樣，因為秦始皇偉大，把許多地名叫嬴政，因為漢武帝偉大，起一堆地名叫劉徹，唐太宗偉大，再起一批地名叫李世民，行嗎？兩個人對

話,甲問:「您從哪來?」乙回答:「我從康熙那兒來。」
「您到哪兒去?」「我到李世民那兒去。」這或者把人嚇
死了,或者把人笑死了。為甚麼中國人這樣做就覺得可
笑,但美國人這樣做我們卻不覺得奇怪呢?我們用的是文
化上的「雙重標準」。

我們都知道,在古代中國,如果碰巧地名與皇帝的
名字在某個字上重複了,那就必須要把地名裏的那個字改
掉,這叫避諱。比如北嶽恆山,《史記》裏面有時寫作常
山。為甚麼不叫恆山?因為漢朝第三個皇帝叫劉恆,就
是漢文帝,從那時起,天下帶恆字的地名都要改掉,於是
恆山改作常山。漢代滅亡以後,常山又改回恆山。

直呼名字是不尊敬嗎?直呼其名,中國人認為不
敬,但在美國則不然。美國人對無論多麼敬重的人,只
要關係稍微近一點,就不叫你姓,而直接叫你的名了。
比如一個老師叫邁克‧史密斯,他的姓是後面的史密
斯。在學生與他熟悉了以後,就只叫他邁克。不這麼
叫,反而覺得生疏。中國人直呼長輩老師的名可不行,
見了老師,一定要稱呼老師的姓氏,後面再加「老師」或
「先生」。

其實,地名文化不是小事,在裏面可以抓出一個文
化的大靈魂來。為甚麼中國人不能用人名作地名?為甚
麼中國人要避諱?直呼長輩、上級、尊者的名字為甚麼不
禮貌?中國人為甚麼有了名字還要字、號?這裏有一大套
文化規矩。

現在世界上的很多地名都是歷史地名，讀到這樣的名字，會想到古老的歷史。比如邯鄲，一提邯鄲，我們就會想到趙國。揚州、開封也是古老的名稱。中國這類地名很多，有些地名已經有兩三千年的歷史，比如洛陽、咸陽、太行山。

熟悉的地名，特別是家鄉的地名，會給人帶來親切感，所以許多移民到了新地方卻還喜歡沿用自己家鄉的老名字。這樣做，也可以清楚地告訴別人：我是誰。這類地名在老上海很多，比如廣東街（新中國成立後改為新廣路）、無錫弄等。現在北京郊區有不少以山西地名命名的村落，如霍州營、解州營、黎城營等，那也是歷史上移民的結果。那裏的人都說：「問我祖先在何處，山西洪洞大槐樹。」

在世界史中也有移民地名，特別是在殖民主義時代，有許多地名被殖民者帶到了殖民地，只是，為了區別老家，殖民地名字的前邊往往加個「新」字，翻譯成中文就是「紐（new）」字，地名前面帶紐字的多半是這類名字。其中最著名的例子是美國的紐約（New York），這裏最早被荷蘭人佔領，稱「新阿姆斯特丹」，後來被英國人奪了去，改稱「新約克」，約克是英國原有的地名。中文把「紐約克」省掉一個音，變成紐約。近些年，大量華人到美國定居，在洛杉磯的一個地方，因為台灣人很多，俗稱小台北，後來大陸人的數量超上來，又改稱小上海。甚麼時候中國的某個地方俗稱小紐約，中國就真的國際化了。

環境的缺陷

　　講人與環境的關係，不能只講環境的好的一面，實際上，環境中的缺陷，即所謂負面的因素，同樣重要。在有些地方，負面因素是長期存在的，而有些負面因素則是以突發災害的形式出現。歷史上，對於克服環境的缺陷，或適應環境的缺陷，人們也是費盡了力氣。

　　兩面性，是自然環境固有的特徵。一方面環境為人類提供了適宜的生活條件，這是主要的。但另一方面，環境的不穩定性、環境的改變，又常常成為人類的對手，讓人類經受一番苦難。比如黃河，一方面我們讚美它是「母親河」，但我們也聽說過「黃河百害」，這種兩面性沒甚麼奇怪的。

　　正因為環境的缺陷會給人類帶來苦難，在古代所歌頌的聖賢人物的豐功偉績中，總有禳除災害、拯救人類的功勞。比如女媧補天、后羿射日、大禹治水、成湯求雨的傳說，都是講這方面的故事。

　　有一種理論認為，有缺陷的環境不一定是壞事，它會激發人類的勇氣和智慧，戰勝自然界的困難，創造出新的人文成就。

　　英國學者湯因比（A. J. Toynbee）在研究文明發展史

的時候，提出一個挑戰與應戰理論。認為從推動文明的角度看，環境不能太壞，也不能太好。太壞，人類無法發展，也不可能創造出甚麼東西。但環境也不能太好、太優越。太優越了，人們不需要勤懇勞動，懶得去奮力開發，也創造不出甚麼東西。最好是在一個適度的水平上，既有適宜的基礎，又存在一定的挑戰，在這樣的環境中，人類會不斷地受到激勵 (去應戰)，向環境的深度開發，文明於是不斷發展。

司馬遷也有過類似的看法，在《史記‧貨殖列傳》中，司馬遷寫道：

> 楚越之地，地廣人希，飯稻羹魚，或火耕而水耨，果隋嬴蛤，不待賈而足，地埶饒食，無饑饉之患，以故呰窳偷生，無積聚而多貧。是故江淮以南，無凍餓之人，亦無千金之家。(耨〔nòu〕：除草。果隋：瓜果。嬴蛤〔luǒ gé〕：螺蛤。呰窳〔zì yǔ〕：苟且懶惰。)

司馬遷的意思是，江南是個天然食物資源比較豐富的地方，那裏的人們不用費大腦筋，不用幹苦工作，生活就過得去。但另一方面，這個地方的人們又因此沒有逼出來創造性，他們的生活雖然穩定，但很消極，他們沒有餓肚子的問題，但也不會下力氣苦幹而變得富有。司馬遷的這段話，可算是對湯因比的觀點的一個註解。(或者反過來，湯因比是對司馬遷的註解。)

我們可以由此聯想，中華文明的搖籃為甚麼是在黃河流域。長江流域也曾「搖」了一段時間 (比如良渚文

化），但搖到新石器時代晚期就搖不動了。文明是怎麼創造出來的？是忙出來的。自在不成人，同樣，悠閒也不成文明。

因為自然環境的原因，當然還有社會的原因（如族群對抗），黃河流域的人們要面對許多難題、許多挑戰。正是在解決這些難題、挑戰的過程中，一些特別的辦法、措施、制度才被一項一項創造出來。要處理的事務變得複雜，文明才得以產生。在長江流域，相對來說，自然環境優越，人文關係也比較簡單，不像黃河流域有各方強悍的人文群體相互博弈，所以缺乏發展複雜社會機制的動力。長江流域到了原始社會後期，原始生態體系充分發展，卻再沒有新的激勵性因素，所以沒有發生明顯的社會跨越。文明是應對、處理複雜關係的社會機制，關係不複雜，社會不複雜，就不需要甚麼複雜的機制。

災害帶來的苦難，戰勝災害的喜悅，這兩樣交織在一起，形成了人類特有的情感、經驗。這些東西很容易演化為一類信仰，所以龍王廟、風神廟、雨神廟紛紛被修建起來，成為一種特有的歷史文化景觀。

還有一種小神，個頭兒不大，但在中國北方卻是一個不可小看的災害製造者，它就是蝗蟲，也叫螞蚱。

歷史上的華北地區是蝗災重發地區之一。那些年，蝗蟲來臨，鋪天蓋地，一瞬間把莊稼禍害光。老百姓沒有別的辦法，以為討好蝗蟲可以免災，便修了八蠟廟、蟲王廟，裏面擺上好東西討好蝗蟲（人認為的好東西，其實蝗蟲未必認可）。華北平原地區因此出現不少蟲王廟。研

圖4.13 民間祭祀蟲王，中間牌位上寫的是「供奉蟲王爺之位」

究災害歷史的學者根據廟的分佈，就可以復原當年蝗蟲災害頻發的地理範圍。

　　人類面對災害，損失是不可避免的，但人類具有善於隨機應變的智慧，這種智慧幫助人類因禍得福，改弦更張，創造出新的生態局面。下面舉一個美國歷史的例子吧。

　　事情發生在早年美國亞拉巴馬州南部的一個地方。那裏的人原來只種棉花，年復一年把棉花賣給北方的工廠加工，經濟平穩，人們相當滿足，便不思改革進取。有一年，發生了嚴重的棉鈴蟲災害，大片棉株被咬死，收成無望，於是被迫改種了煙葉，聊作補償。沒想到，煙葉獲得好收成，還賣得了大錢。這件事啟發了人們多種經營的思路，從此，這個地區又種棉花，又種煙葉，變得更加富足。因為是棉鈴蟲喚醒了他們，教育了他們，才使這個地區的經濟出現了新局面。為了紀念這場變革，他

們豎立了一座棉鈴蟲紀念碑。(都是蟲子，一個修廟，一個立碑。)這其實就是人類在開闢生態系統的進程中，從單一經營到多種經營逐步深化的故事。

一般來說，自然災害是短期現象，而有一種環境改變，是長時期的現象。在長時段的環境變化中發生的生態系統變化，是持久而深刻的。這類變化，有時是向好的方向變，但也有時是向壞的方向變。

在中國歷史上，有一椿文化生態系統長期巨變的大事，它甚至影響到歷史的發展。這就是北方山區地帶半農半牧文化生態區的出現。

我們先來回顧一下司馬遷提出來的那個農業地區與半農半牧地區的分界線。有的學者稱其為「司馬遷線」。這條界線的南邊是完全的農耕社會，北部是半農半牧社會。司馬遷提到兩個標誌性地點，東北方一個，是渤海邊的碣石山，西南方一個，是山陝峽谷南部的龍門山。兩個地點的連線就是分隔線，或說交界線。

不過，司馬遷看到的只是秦漢時代的事情。考古學研究證明，在文明早期，即距今5,000年以前，這條界線並不存在。它的出現，是文化生態變化的結果，發生在距今大約3,000至4,000年的時候。

在中國，原始農業大約在一萬多年前出現，隨後繁榮發展，地理範圍十分廣泛。在北方，原始農業從中原一直延伸到陰山以南地區(圖4.14)，也就是說，在山陝北部地區(司馬遷所說的龍門—碣石這條線以北)，也是原始農業的分佈地帶。考古學家在這個地區發現了典型的定居

圖4.14 內蒙古涼城王墓山新石器時代房屋遺址，這是定居生活的反映

農業文化遺址，包含房屋聚落和大量原始農業生產工具。

問題在於，這個地區並沒有像中原地區那樣，沿着農業的方向繼續發展下來。考古學材料顯示，在原始農業遺址文化層的上面，出現了畜牧文化的遺存，也就是說，繼原始農業文化之後，這個地區的生產方式轉變為另一種畜牧經濟形態，農業萎縮了。

造成變化的第一原因是氣候變化，氣候逐漸變得乾冷，在這種情況下，原本發達的原始農業開始衰退，為了生存，人們改變生產形態，與人類沒有食物衝突的家畜（主要是羊，豬則要與人類爭食物）發展起來，畜牧業的比重越來越大，最終，社會生產呈現半農半牧的狀況。

這樣，北方一類新的文化生態系統出現了，它的南界，就在龍門—碣石這一線。所謂的司馬遷線就是這樣逐漸形成的，它是大範圍文化生態系統變化的反映。

在這場變化中，我們看到一種地理上的連鎖發展關係。當山陝北部山地畜牧社會出現之後，在更北、更西的另一個遼闊地帶，也連帶地獲得了發展的契機。那些地帶是廣袤的草原（包含半乾旱草原）地區，它與原始農業無緣，卻是畜牧業發展的潛在天然牧場。當畜牧技術在其周邊山林地帶發展起來之後，草原邊緣也逐漸被闢為畜牧場地。而當乘馬的技術成熟之後，牧民就可以騎在馬上，驅趕畜群深入寬廣的草原腹地，遊移放牧。於是，一種人類歷史上重要的經濟社會形態——草原騎馬遊牧社會誕生了。它是在草原周邊山林徒步畜牧業的基礎上發展出來的，而其空間運作規模、政治軍事的整合能力，都大大勝於山林畜牧社會。草原騎馬遊牧社會具有特殊的文化生態系統，所創造的社會文化，對人類的歷史進程有重要意義。

騎馬文化是他們的重要特色之一。以中國歷史為例，中原地區的馬文化，就是在北方遊牧民族的影響下發展起來的。戰國時期，趙武靈王的「胡服騎射」是著名的故事。中原人用馬，原來主要是駕車，騎馬技術是向騎馬遊牧人學來的。

由於騎馬，連帶的其他文化要素也跟着來了，各種馬上用品都要學，最有名的是衣着，必須要學穿適合騎馬的褲子（當初被視為「胡服」）。人在騎馬時的動作必須如圖4.15所示，兩腿叉開。中原人原來穿衣袍，兩腿被衣袍纏繞，做不出這個動作，跨不到馬背上，所以必須改穿長褲，從此中原也流行褲子了。這個文化變化算小嗎？

圖4.15 漢代的騎士俑，它們要放在馬俑上的，所以做成這個姿勢

　　文化生態系統的變化在歷史中經常出現，有時自然原因是主要的(從原始農業變成畜牧業)，有時人文發展是主要的(草原遊牧社會的形成)。

　　當然，文化生態系統的變化不一定都是進步，也會有倒退。在中國的許多地區，那些年，由於過分的土地開墾，造成嚴重水土流失，環境逐步惡化，致使社會退步。這樣的事情我們知道得很多，不需要多說了。

閱讀窗

古代黃土高原的另一種居民

　　我們常說黃土高原培育了華夏文化，但就在黃土高原培育華夏兒女的時候，它還培育了戎狄的兒女。戎狄，是古代與華夏不同的族群，長期生活在黃土高原的北部地區，華夏文明人稱他們為「蠻族」，因為他們不行「禮

樂」，不修文字，不念詩書，卻養太多的牲口。

華夏的文明人，廟堂列鼎中盛滿了牲口肉做的肉臊、肉糜，但他們從來低視養牲口的戎狄。戎狄是黃土高原的另一種居民，但被把歷史記錄大權的漢族士大夫給抹殺了。我們今人，也受了古代文人的影響，歌頌黃土高原是「大地母親」的時候，卻忘了黃土高原上的另一個兄弟。

在新石器時代，氣候比今天溫濕，整個黃土高原是原始農業的「一統天下」。後來氣候變得乾冷，黃土高原的南部問題不大，先民照樣種地。但黃土高原的北部，環境逐漸惡劣，莊稼生長得越來越差。家豬要吃人的剩飯，而人已經沒有剩飯了，所以豬這類東西也不易餵養了。這裏的先民，在艱苦的環境中摸爬，終於找到另外一種維持生活的方式：多養到野外食草的牲畜，這些牲畜不與人爭食，人還可以從其渾身索取生活資料。於是，人們一手握鋤，一手執鞭，開創了大範圍的半農半牧的生活方式。

由於大範圍的半農半牧的生活方式的出現，在黃土高原的人文地理格局上，便出現了兩個不同的區域。這兩個區域，用現在的話說，是兩類不同的生態系統。在南部地區，水豐溫暖條件好，農業持續發展，人口與時俱增，城郭壯大，文人滋生。而在北部地區，人們要艱苦得多。他們「因射獵禽獸為生業」，「食畜肉，衣其皮革」，「各分散居谿谷，自有君長，往往而聚者百有餘戎，然莫能相一」。處在這種狀態下，社會進化當然緩慢得

多。於是，南、北之間在政治、文化方面的差別日益增大。後來，南部的人叫作華夏，而北部的人稱為戎狄，相互反目，關係緊張了很久。

在華夏人撰寫的史書中，戎狄主要是「反面角色」，除了侵犯搶掠，禍亂華夏，便沒有甚麼正面的歷史貢獻。我們說，這種看法是不公平的。

戎狄正是古代處於中國北方的過渡地帶、或曰邊緣地帶、或曰生態敏感地帶的一個主角，而戎狄的起源與自然環境變化引起的整個生態變化有關，戎狄起源的過程就是中國古代北方畜牧業大面積產生的過程，我們關於戎狄的概念離不開畜牧業。戎狄的興起反映了人類對環境變化的一種適應方式，在「適應」中也伴隨着創造，畜牧業就是一個創造性的成果。司馬遷稱讚北方許多地方是「畜牧為天下饒」。這裏面就包含了戎狄的歷史貢獻。

古代漢族文人看不起戎狄的人，卻盛贊戎狄的馬。有名的「駃騠」，就是指戎狄的駿馬。《左傳》記載：「冀之北土，馬之所生」，有「屈產之乘」，乘就是駟馬。漢族文人忘了，馬是人餵出來的。沒有戎狄的養馬技術，哪裏來的北方良馬。

在中國歷史上，戎狄社會的貢獻不僅是發展了畜牧業的規模、技術，將其抬升到生活的主要基礎的地位，它還為後來草原大規模遊牧經濟的產生打下了必要的基礎，做好了歷史準備。如果說在中國北方，農畜混合經濟是環境變化的推動，而草原遊牧經濟的出現，則主

要是人類畜牧技術發展的推動。當對牲畜的控制能力增強、騎馬的技術出現之後，人們就有條件徹底拋開農業，而到新的更廣闊的地理空間中，大規模開展遊牧活動，並建立一種新的依託大規模遊牧經濟的社會組織。

跳出農業社會歷史的局限，放眼中國北方的遼闊大地，我們可以看到歷史上人文發展的豐富性。這些人文的豐富性，是對多樣地理環境的適應的結果。而所謂「適應」，對人類來說絕不是消極的。人類文明中的許多重要內容，都是在能動地適應環境的過程中創造出來的。農業是一種創造，畜牧業也是一種創造。

中國古代戎狄在地域上分佈很廣，黃土高原北部只是其分佈地域的一部分。戎狄在地域上與華夏相鄰，兩方的交流其實是不可避免的。別看華夏人在觀念上把戎狄貶得很低，但在實際生活中，卻對他們相當「實事求是」。除了想要戎狄的馬，華夏國君還想要戎狄的兵士，另外，大概戎狄女子有嬌美的一面，華夏國君還要戎女來做妃子。上層是這樣，社會基層恐怕更多。想到這一點，我們如果到黃土高原，緬懷它的「搖籃」歷史時，就更不要忘了古代北邊那些放牲口的人們，我們不少人其實都是他們的後代呢。

古代華北平原上的湖泊

　　這又是一個生態環境變化的例子。

　　華北平原是中國第二大的平原(第一大是東北平原)，海拔多不及百米，自西向東緩緩傾斜。現在的華北平原，田疇萬頃，人煙稠密。你要是從飛機上往下看，一個個村莊星羅棋布，真是一派富庶景象。

　　今天的人們談論華北平原，一般不大會涉及湖泊沼澤的事情。可是在遠古時代，這裏卻是大小湖沼眾多，河汊縱橫，水佔了不小的面積。認識華北平原的歷史地理，就一定要知道這些湖沼。

　　從根本上來說，華北平原本身就是億萬年以來，由黃河和海河等水系的眾多河流沖積填造而成的。自從成為平原陸地之後，它仍然受到眾多河流的擺佈。在廣袤的平原大地表面，由於河流沖積扇的交錯分佈，地面高低不均，在低窪的地方就聚成了湖泊或沼澤，僅在先秦古書中記載過的，這樣的湖澤就有四十來個。大小河流攜帶着水與泥沙，不斷湧入平原，在水沙平衡的情況下，這些湖澤會長期存在。

　　在河北、河南、山東之間的這個核心地區，曾經有兩個古代湖澤最有名(圖4.17)。

圖4.16 華北平原

　　一個是大陸澤，它位於今天邢台市東北方，古書上稱它廣袤百里。傳說這裏曾是大禹治理黃河的關鍵部位，大禹用疏導的方法，把黃河水從今河南那裏向北分流引入大陸澤，黃河出了大陸澤以後，開始散流，形成九條河道（九是多的意思），流入海中。

　　大陸，是平坦的意思，叫大陸澤，說明它雖然面積廣大，但水並不深。水淺，是許多古代華北湖泊的特點。這與南方的湖泊是不一樣的。另外，平原茫茫，湖畔沒有山。缺乏青山綠水的景色，這也與南方不同。

　　另一個有名的古代湖泊是鉅野澤，又名大野澤，位於河南東部及山東西部，這一帶是古黃河沖積扇下緣，湖澤眾多，除了鉅野澤外，還有雷澤、菏澤等等。古代有

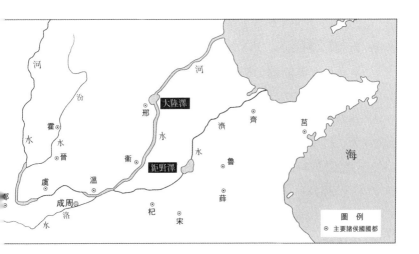

圖4.17 周代的大陸澤與鉅野澤示意圖

一條有名的河流在這一帶流過，它就是濟水。濟水是古代「四瀆」之一，與長江、黃河、淮河齊名，地位很高。濟水中游的一段穿過鉅野澤，成為鉅野澤的重要水源。濟水流出鉅野澤後繼續向東北流而進入渤海。

因為鉅野澤的東方不遠就是魯國，所以魯國人對這個湖泊最熟悉。據說鉅野這個名字就是魯國那塊地方的人起的。他們從東邊的山地出來，向西一望，只見一大片原野望不到邊，便驚呼：「鉅野啊！」這樣，就得了名。原野是鉅野，湖泊就叫鉅野澤了。今天山東還有一個縣城，也叫鉅野。

說到地名，中國古代很早就發明了「州」字，它早期的樣子就是一幅畫（圖4.18）。（第三章中介紹過甲骨文中

的寫法。）州字的樣子是表現水網中的一塊高地。古代字典《說文解字》：「州，水中可居曰州。」在水網中選擇高處立足，建立居民點，這應該就是華北平原早期的生態景觀特徵。可以說，最能體現州字所顯示的環境特徵的地區就是華北平原。後來，作為人居地點的概念被不斷擴大，州，成為一個個更大的人文區域的慣用名稱。到了〈禹貢〉的時代，又概括選出九個大州，成為疆域的總名。

擇高而居，有考古學的證據。考古學家發現，在新石器時代後期（龍山文化時期），大平原的中南部，即今天濮陽一帶，有一些在高丘上修建的聚落遺址，這正說明當時多水環境的特點。

華北平原上的沼澤河汊，顯然會妨礙人類的交通，所以華北的南來北往的大道是沿着太行山東麓的高亢地帶發展起來的。這又是古代華北的一個歷史地理特點。看一下華北地區早期的城市，大多是沿着太行山東麓，從南向北分佈的。

那麼，古代大平原上的湖泊本身，對於當時人類的生存，有甚麼意義嗎？

首先，在古代，雖然農業是主要的經濟形態，但是在不宜從事農業生產的淺水湖澤地區，漁獵也是人們謀生的老辦法。這些湖澤不深，淺水生物豐富，漁撈也很容易，所以有一定的經濟價值。傳說舜曾漁於雷澤，而像舜這樣在湖裏捕魚的，一定還有很多普通人。古代有一個稱為「虞衡」的官，就是專門管理山林川澤的經濟，據說，「虞」還是舜最早設立的呢。

戰國簡中的「州」字

自然江河中的江心洲

圖4.18

　　人們近水而居，近水勞作，在這裏採集水生食物，連原始藝術家們也是用水生的材料來做創作。比如在濮陽發現的中國最早的龍虎的圖形（見第一章），就是用淡水貝殼拼成的。貝殼這種材料，晶瑩美觀，大小均勻，耐久不變，很便於拼圖，甚至是拼出具有神聖意義的圖。像這樣的天然材料，在其他環境中，哪裏還有？

　　湖沼地區因為人煙稀疏，是一些野生動物的棲息地，於是湖澤地區又成為諸侯、君王們喜愛的遊獵場所，水鳥和麋鹿（四不像）是他們打獵的主要對象。麋鹿棲息在沼澤地帶，以青草和水草為食物，所以也會水。君王們率領大批隨從，手持弓箭，在湖邊水畔追逐水鳥或麋鹿，顯得很威武。

　　古代在鉅野地區最出名的一樁與君王遊獵有關係的故事是「獲麟」。據傳說，魯國的國君在哀公十四年（公元前481年）到鉅野一帶狩獵，獲得一頭怪獸。孔子見了，

驚呼：「這是麟啊！」子貢問麟是怎麼回事。孔子說：這是祥瑞之獸，本應是報告太平的，可現在哪裏是太平盛世啊！現在獲麟，可不是一件好事。孔子為此還落下淚來。不但落淚，就連做了許久的編寫《春秋》的重要工作也沒有心情再幹下去了。這就是「《春秋》止於獲麟」，即《春秋》這部書以獲麟這件事情收尾了。

現在山東鉅野縣還有個麒麟鎮，傳說當年的「獲麟」就在這一帶。

這類水面遼闊、煙波浩渺的湖泊，還吸引了另外一類人，他們也喜好在這裏相聚。據記載，秦朝末年，有一個叫彭越的人，活躍在鉅野澤中。「彭越者，昌邑人也，字仲。常漁鉅野澤中，為群盜」。原來，遼闊的水面，加上錯綜分佈的葦蕩沙洲，可以成為「群盜」們的庇護場所。在秦末的亂世中，「澤間少年相聚百餘人，往從彭越」。後來劉邦起事，彭越也隨着發展自己的勢力，「彭越亦將其眾居鉅野中」。終於，彭越見機殺出鉅野澤，加入劉邦一頭，與項羽作戰。劉邦勝利後，封彭越為梁王，都定陶。定陶就在鉅野附近。（《史記·彭越列傳》）

五代以後，鉅野澤水面向北延展，圍住了那裏的一座山丘 —— 梁山，於是「梁山泊」一名便誕生了。北宋期間，一群好漢再一次選擇在這片湖蕩「聚義」，演出許多膾炙人口的故事。

大陸澤、鉅野澤，還有華北平原上的許多其他古代湖泊，都在歷史中先後消亡，或只剩下殘跡了。原因是多方面的，氣候逐漸變得乾旱是一個大背景。另外，是

圖4.19 白洋淀

河流的變動和泥沙的淤積。華北地區的河流，受降水特
點的影響，水量的季節分配極不平衡。夏季往往暴雨成
災，水勢洶湧，黃河、永定河等河流的氾濫洪水在平原上
反覆掃蕩，洪水挾帶着泥沙，不知堰塞了多少湖澤。這
種情況在南方是少見的。造成古代湖澤消失的，還有一
個重要原因，就是人類的干預。古人對於耕地存在迫切
要求，世世代代的人們不斷控制人工塘陂、擴展農田，天
然的湖泊沼澤也必然會越來越小。

　　現在，黃河、永定河等都被人工堤壩穩穩地管住，
早已成為平安的河流。大平原之上，沃野連綿，村鎮密
布，也再不是遠古沼澤連天的景象。

　　不過，在今天河北省的安新、文安地區，是華北平

原相對低窪的一個地帶，現在尚存湖水，最有名的就是白洋淀。《小兵張嘎》的電影就是在那裏拍攝的（圖4.19）。

老虎在山林，獅子在門口

　　老虎雖然是一種野獸，但被中國古人賦予了濃厚的文化意味，已經成為一種精神品質的象徵了。關於它的成語、繪畫、寓言有很多，每個中國人都知道一些。

　　在古代中國，還有一種猛獸，更是具有文化意義，而且只有文化意義，完全沒有環境意義，那就是獅子。獅子不是生長在中國的山林，卻經常在高宅廣廈的大門口出現它的造型，傳統皇宮的大門口，現代銀行的大門口，都有獅子。（非洲人看了會很奇怪的。）此外，獅子的造型也在多種民俗活動中出現，比如舞獅。

　　全世界的人差不多都會看到中國式的石雕獅子和舞獅活動，在世界各地的China Town，都有獅子的形象。這些獅子的造型，靜的或動的，被認為是中國文化的符號、代表物。這是個有趣的例子，證明中國文化的一些要素是在域外交流中獲得的，是一個橫向的文化地理傳播的結果。大約東漢的時候，獅子被引入中國，從此，獅子在中國社會文化中，深深紮下根來。

　　獅子也是生動的，但是，從來沒有一幅中國繪畫作品，把獅子放置在自然環境中。從這一點來說，獅子完全沒有老虎那種統治山林的「山中之王」的巍然氣息。

圖4.20 山中的老虎和門前的獅子

老虎的問題可能不屬於文化生態，但絕對屬於自然生態中的重要議題。在中國環境歷史中，老虎的問題更加令人關注。

閱讀窗

山中無老虎

常言道：山中無老虎，猴子稱大王。在我國，沒有老虎的山到處都是，許多原來有老虎的山，現在也沒了，都是猴子的子孫在稱大王。

老虎原是百萬年前在中國這塊地方起源的動物，後來虎跡擴展到西伯利亞與東南亞、南亞的不同環境中，演化成不同的虎種。所有的老虎都是形體健美，身披斑斕花紋，體型適中，性情威猛，故很得人類的敬畏。中國、印度都是多虎的國家，人們對於老虎的認知深久、品評有加，於是，老虎竟從自然史的範疇進入到文化史

的範疇，成為一種文化動物。以虎為素材的文化作品、人文聯想，我們張口就可以舉出。

中國以有老虎而驕傲，中國人對老虎有多方面的了解、各種各樣的形容。在古代，人們論及大事、大道理時，也常以老虎做比喻，例如：「雲從龍，風從虎，聖人作而萬物睹」（《易・上經》）。這是將龍與雲，虎與風，聖人與萬物，互借聲勢，以表示壯大，最後是要說「聖人」很了不起。在人們的感覺中，虎是威猛之獸，風是震動之氣，同類相感，虎嘯則谷生風。中國古人善於以物類人，以動物品性比喻人的精神，老虎也被作為一種德行的象徵，《易經》云：「虎視耽耽，其欲逐逐」，解經的人說這是形容老虎威而不猛，不惡而嚴，是以虎塑造的強者之德。古人又說，「大人虎變」，「君子豹變，小人革面」（《易・下經》）。「虎變」，如其紋形彪炳，比喻宏偉的變革，「湯武革命」屬於虎變。豹紋蔚縟，所以「豹變」也算「潤色鴻業」。只有「小人」但能「變其顏面，容色順上而已」。這裏，老虎竟然與「小人」對照有差。當然，老虎有兇殘的一面，但其彪炳的容色總令其正面的象徵性更高一層，為人愛戴。

今天，環境巨變，老虎的自然生存條件受到破壞，老虎的文化生存條件也淡薄了許多。在國際大都市中生活的現代人大概已經把老虎忘記了。威猛的象徵已不再是自然的老虎，而是人類的科技武器（航空母艦、原子彈），過去說「英雄虎膽」，現在說「精神原子彈」。看一看現在的山林，都是些無虎的山林。無虎，則谷風不

起——自然環境喪失了一股生氣。中國曾為「龍虎」之國，但現在老虎所餘無幾，雖有環境與野生動物保護人士正大聲疾呼，但老虎生存的問題仍然嚴重。

保護老虎是自然環境與文化象徵的雙重需要。在自然方面，老虎的存在是環境質量的標尺，虎居深山，山不深，林不密，虎不生。在文化方面，「生龍」固然不會出現，但「活虎」卻不能消失，如果只有無虎的山林，進而出現無虎的中國，則中國人只能空談虎威，空作虎畫，這是一種文化損失。在山川景觀的文化解讀上，中國需要虎，韓愈說：「虎嘯於谷之義可崇。」虎與山林聲勢相通，山林有虎則氣壯，這是典型的中國式生態景觀。所以保護老虎，不僅是保護中國的自然生物，也是保護中國的景觀文化。中國山中不可無虎。我們想到蘇軾祭奠歐陽修時的比喻，蘇軾說：「譬如深山大澤，龍亡而虎逝，則變怪雜出，舞鰍鱔而號狐狸。」社會沒有聖賢則小人雜出，沒有虎而只有狐狸的群山，則只能算是「小人」之山。

五

山水藝術

一位研究中國文學史的外國學者感慨道：「自古以來，中國文學很少不談到自然的，中國文人極少不歌唱自然的。縱觀整個中國文學，我們可以發現，中國人認為只有在自然中，才有安居之地，只有在自然中，才存在真正的美。」

　　自然環境，其中的山川大地，不僅給人類提供衣食資源，也產生着精神寄託。這種寄託可以是宗教信仰，可以是政治抱負，也可以是道德隱喻。而在中國，還特別有一份美學薰陶。當中國人提到「江山」這個詞的時候，產生的是對國土的政治聯想。但提到「山水」這個詞的時候，引發出來的卻是自然審美的情懷。

　　山水審美，是中國特有的地理文化。中國人的地理知識裏面，包括一個特殊的美學範疇：名勝。

南朝：歌唱自然的時代

　　中國人對自然之美的欣賞起源於南朝。南朝時代，是一個歌唱自然的時代，是審美性的自然觀確立的時代。在都市物質文化火熱發展的今天，我們不妨回到南朝去做一次「穿越」，放寬一點身心，緬懷一回祖先，體味一番那個初唱自然的時代的古歌。

　　在南朝以前，詩歌中已經有了對自然的吟詠，比如《詩經》。但仔細辨別，《詩經》中許多作品吟詠的與其說是「自然」，毋寧說是「自然物」。《詩經》提到自然物，目的不是為了吟詠自然，而是為了利用自然物進行所謂的「比興」。詩中所描繪的多是自然物的形狀、狀態，而不是形狀之美。如「昔我往矣，楊柳依依；今我來思，雨雪霏霏。行道遲遲，載渴載飢。我心傷悲，莫知我哀！」（《小雅‧采薇》）詩意最後落在「我心」，離開了自然。

　　《楚辭》中也有自然，但那個自然是幻想世界、神仙世界。雖然有一點客觀的寫景與借景生情，但不是主要的。

　　到了辭藻華美的漢賦時期，賦中所描寫的「自然」，其實範圍僅限於君王的遊獵場所、宮苑和都邑附近的山川，諸如後代文學中所表現的高大山川的秀美、自然景物

圖5.1 陶淵明

的千姿百態，在漢賦中是基本看不到的。所以，直到漢代，文人們對於自然美還沒有甚麼特別明確的意識。

真正的山水田園審美詩作始於東晉，而先前卻是玄風盛行的時代。

西晉以來，玄學（即老子、莊子、佛家的抽象論說）昌盛，詩歌裏面大多是不容易懂的玄言，稱「玄言詩」。比如：「緬哉冥古，邈矣上皇。夷明太素，結紐靈綱。」（〈贈謝安〉）「上皇」「太素」是甚麼，今天的讀詩人已經不可能明白，所以這樣的詩不會在後世廣泛流傳。

到了東晉，有些文人感到官場充滿了「塵垢」，因而到山水間去「散懷」。但最初，他們還是擺脫不了玄情，雖然在詩賦中出現了風景描寫的佳句，但最後一收，又回歸玄情，於是抽象難懂的玄言又來了：「悟遣有之不靈，覺涉無之有閒；泯色空以合跡，忽即有而得玄」；「渾萬象以冥觀，兀同體於自然」。這篇作品叫〈遊天台山賦〉，有人認為，作者孫綽並沒有真的動身到天台山去，而只是

圖 5.2 謝靈運

「遙為其賦」，是要依託遼闊的自然來消解俗念，來調動一下超然的高情。雖然這裏的「高情」最終還是玄情。但變化已經開始了。

「莊老告退，而山水方滋。」(《文心雕龍》) 在東晉文學的發展中，終於出現了玄言詩消退，而山水審美詩興起的大轉變。

扭轉東晉「莊老」玄言詩風，開創山水田園詩派的關鍵人物是陶淵明與謝靈運。陶淵明開田園派，「久在樊籠裏，復得返自然」，「少無適俗韻，性本愛丘山」。他的詩平實上口，我們都能背出幾句。

謝靈運開山水派，他是名門望族，但喜好山水，經常到山水間流連。謝靈運說自己「山水，性之所適」。他不喜歡「華堂」的歡樂，而喜愛「枕岩漱流」(〈遊名山志〉)，「敢率所樂，而以作賦」(〈山居賦〉)。於是自然本身之美在他的筆下漸漸顯露：「春晚綠野秀，岩高白雲屯」

圖 5.3　隋代展子虔《遊春圖》

（〈入彭蠡湖口〉），「野曠沙岸淨，天高秋月明」（〈初去郡〉）。「秀」、「淨」、「明」是自然本身之美。

由借山水「比興」、抒情，到徑直歌詠山水本身之美，是文學史裏面的一個重要變化。自此，開出中國文化的一大傳統，即自然審美。從那以後，自然審美的情感總是填滿中國文人的胸懷，而所流露出來的華章美辭，真是數不勝數。今天，我們進小學念書，用不了幾年，就會讀到那些佳作。在日後的閱讀中，更會接觸大量膾炙人口的遊覽詩文。我們留連山水的性情因以油然而生，代代相傳。

我們今天愛談論「人與自然的關係」，在這一方面，祖先發明的山水審美也是這一方面大事，是人與自然的美學關係。在西方傳統自然觀中，大多強調自然的實用性，現在流行的人與自然的關係是生態的，強調人的生存與健康。這些當然不錯，但不夠豐富，缺乏審美的視角。而在中國的地理景觀文化中，包含有「審美」這精彩的一章。

回想南朝那個時代，人們欣賞自然，「登山則情滿於山，觀海則意溢於海」，這是何等豪邁暢意！對比由大都市的聲光化電攪得熱火朝天的今日，有人已經淡忘了對自然的感受，而只顧到大都市去尋找現代「奇技淫巧」的雕琢之「美」，作現代都市之蛙。有這樣習慣的人，即使沒有時間出門，也要多讀一些謝靈運、陶淵明以及其他古人的風景名篇，領略一下登山觀海的暢意。

道教環境觀

　　宗教是一個明顯具有地理特徵的文化現象。它有發源地，有傳播過程，有景觀特點。在宗教的思想、教義、習俗裏面，還會包含宇宙觀、地理觀，這些都極大地影響着人與環境的關係。另外，宗教景觀在社會中也是十分醒目的。

　　我們這裏着重討論道教的環境觀問題，這個問題在中國人文地理中具有特殊的地位。

　　道教是中國本土產生的宗教，不像佛教、伊斯蘭教、基督教，它們都是從境外傳播進來的，那些宗教的傳播路徑是另外的宗教地理問題。因為產自中國的這塊土地，所以道教對於中國的山川大地，有着深切的關懷。道教為我們構建了一套具有中國特色的文化江山。

　　我們知道，道教和山林的關係非常密切。道教宣揚的神聖世界，與其他宗教的神聖世界不同，其他宗教往往構建另外一個世界（彼岸世界），比如佛教有一個西方極樂世界，基督教也有一個天堂，它們都在人間世界之外，那個美好世界與現實世界並不沾邊。道教則不然，道教雖然也推出了一個「仙境」，但道教的仙境與世俗的人間世界比鄰錯落，並不是懸隔在十萬八千里之外。道教建

圖5.4 青城山

構的仙境就在人們生活的這個世界之中,東西南北到處分佈,許多都可以手指,甚至可以造訪到它的大門口。

仙境就在我們身邊,這是道教所描述的理想世界的地理特點。而正因為此,道教對於現實世界的環境的影響就特別大。道教有十大洞天,三十六小洞天,七十二福地,它們並非遠不可及,都是現實世界的名山,地理位置很明確。那些大小洞天,人們甚至可以去尋訪。而佛教的西天極樂世界怎麼去呢?活着的時候不行,要等死後,死了才能上西天。道教主張活着修煉,想尋訪洞天就進山,不必等死。

道教十大洞天:

第一王屋山洞。第二委羽山洞。第三西城山洞。第
四西玄山洞。第五青城山洞。第六赤城山洞。第七羅浮
山洞。第八句曲山洞。第九林屋山洞。第十括蒼山洞。

青城山是道教的聖地（圖5.4），常有雲霧繚繞。從道
教文化來看，這些霧氣不是普通的霧氣，而是仙氣。現
在的自然科學家當然不會這麼解讀，他們會說那是水蒸氣
結成的一種物態。但用道教的眼光來看，是仙氣。這是
道教的一項文化創造，道教讓我們身邊的一些深山野林，
讓本來毫無人文活力的地方，都冒出了仙氣。山洞也不
再是野洞，而稱洞府，加上一個「府」字，性質完全不同，
感覺好多了。這些都是道教的精神構建、文化構建。

在道教描述的洞府裏面，也有一套名堂，「洞之仙
曹，如人間郡縣聚落耳」，有仙王、仙官、仙卿，對人
世能夠預觀。你要進洞府，必須修行，修行成仙便能進
去。注意，在中國文化中，仙和神不一樣（在翻譯英文的
時候，仙這個字很難譯，有人譯作immortal），仙和人很
接近，人得道成仙，仙、人之間的界限很模糊。仙人、
仙境都是中國文化特有的東西。

道教改變了中國人原先對環境的一些看法，對自然
環境多了一層想像。人們站在高山上，看到密林深處，
會將其想像為幽幽仙境。道教對原始環境的意識形態加
工，包含着一種審美，從而推動了山水藝術的形成和發
展。在道教的帶動下，自然林壑、盡能遙指之處，都具
有了審美價值。這樣，中國人的地理世界變得非常豐

投龍銀簡

投龍金簡

圖5.5

富，不僅有村鎮、農田、山林、河流，還有一塊塊神秘的部分，那裏是最美妙的仙境。越是野，越是人跡罕至，仙氣越重。

人還可以和仙境仙人交流，表示尊敬，表達敬仰，表明心意。人和仙境的交流，成為中國人和環境關係的一項特殊內容。看一下圖5.5，這件投龍銀簡是歷史時期人們和仙境交流的證據，它是兩個刻了字的銀版，現存放在杭州的博物館裏。1955年，清理西湖的淤泥時，發現了這些銀版，它們是五代十國時期的遺物，稱投龍簡，是君王與仙境仙人溝通的用具。

道教的仙境包括兩類，一是深山，一是深水。君王和仙人交流時，將要說的虔誠言辭刻在銀版上，託一個信使送去。信使是一條金龍，所以叫「金龍傳驛」。所謂金龍，是金黃顏色的，也可以是銅質的。投龍應該有一個

儀式，最後將金龍銀版一起投入湖中。

　　投龍金簡是一塊金版，為武則天時代的遺物，是投於山中的，1982年發現於登封（圖5.5）。

　　圖5.6是仙人騎鶴圖，這類畫，中國人一看就明白，畫的是仙人騎在仙鶴上，往來於仙境與人間。這是典型的兩境之間的交通形式。仙鶴是符號，是道教地理世界的一個要素。鶴有高雅之意，古人作詩，追求高雅，稱「騎鶴下揚州」。武漢建有黃鶴樓。這些都受到道教地理文化的影響。

　　五嶽真形圖反映了道教對於中國名山文化的影響（圖5.7）。五個圖，五個符號，代表五嶽，是道教對五嶽的一種加工、表述。每個嶽，一個符，用這些符可以逢凶化吉。

圖5.6 古代仙人乘鶴圖

圖5.7　五嶽真形圖

道教對原有的高山文化進行再造，高山，本來就是神靈和超級力量的象徵，很容易做出辟邪、逢凶化吉的引申。有學者認為，道教畫的泰山符，是一幅進山圖，有地形線，這些線具有等高線的意義。這是個大膽的推斷。

　　總之，在自然觀這件事情上，道教是做足了文章，在道教文化裏包含着許多對自然界的認識和欣賞。

　　佛教傳入中國，也逐漸與山林結合，可能是受到道教的影響。早期佛教重要的活動主要在大城市附近。北魏都城洛陽佛教十分繁盛，可以參看《洛陽伽藍記》這部書。

　　基督教進入中國，對中國大地毫無興趣，它是衝着人來的。基督教是哪裏人多，就在哪裏修教堂，哪裏修了教堂，哪裏就教徒多。

　　需要注意的是，道教雖然注重自然，卻並不屬於自然。我們考察道教分佈時，不能只注意山林裏的道觀，道教畢竟是社會的產物，屬於社會，要受各類社會因素的左右。道教教義大談自然，不談都市，而道教本身是社會的，它並不是單純地向深山發展，而更要在社會中求壯大。據研究，唐代道教最繁盛的地方是京師長安。許多道士在談論自然的時候，他本人卻住在長安城裏面。研究道教地理，作為社會成員的道士，他們的地理分佈又是一個樣子。

山水藝術

　　中國古代文化倡導一種人地審美關係，作為傳統，一直延續到今天。面對美景作詩的，現在還是大有人在。

　　中國人面對美景時會引起詩情，由於歷代詩人的詠唱，中國的許多美景也都有詩句伴隨。在欣賞中國美景的時候，沒有詩句是過不去的，不能算完整的美景欣賞。我們走進長江峽谷，心裏會默誦「無邊落木蕭蕭下，不盡長江滾滾來」，「兩岸猿聲啼不住，輕舟已過萬重山」之類的詩句。看見沙漠，會默誦「大漠孤煙直」等等。景色與詩句已經不可分割了。中國人看廬山瀑布，非得唸句詩不可。而外國人到廬山旅遊，只看見水從很高的地方落下來，沒有「飛流直下三千尺，疑是銀河落九天」陪伴，並不能領略到真正的中國風景文化。

　　對於西方很多受基督教影響的思想家來說，傾向於視自然環境為一種物質素材，是東西，注重它們的功用，可以燒的拿回來燒，可以吃的拿回來吃。他們注重的是：「人是其環境的利用者、改造者」，人類可以像工匠一樣來面對自然界。

　　而中國古代的許多文人在面對自然景觀的時候，則具有一種超越性的感悟能力，借助大地上的景觀，他們善

圖 5.8　廬山瀑布

於理解或者欣賞出一種美的感覺來。這種感悟，是由山
水景色本身喚起的，也是閱讀山水詩文而培育起來的。
總之，是被山水文化薰陶出來的。面對幽暗的山谷，用
理性來看，山谷裏面不外是石頭草木，但中國式的審美
感悟，會使人產生美學聯想，例如「蘭生幽谷」。面對長
河，中國人更可以產生激昂的詩情。

　　「山水」這個詞，在魏晉南北朝以前的古書裏不多，
西晉以後，尤其是在南朝的文獻中，「山水」一詞大量出
現，比如「雅山水」、「樂山水」、「好山水」、「遊山水」。
這個詞的大量運用，反映了一種新的概念意識的出現。

「山水」逐漸成為自然景觀藝術的專名，比如山水畫不會用別的名字，不會叫山川畫、江山畫，一定稱山水畫。

中國古代山水畫的表現形式有自己的特點，它不是焦點透視，不是從一點看出去，而是遠近不分，一個整體性的視角。畫面雖然有一個有限的畫框，但裏面則讓人感受到一種無限想像的空間。在想像的時候，觀者不自覺地被邀請到畫的裏面，去做畫中遊。

中國山水畫裏面大多要有人的痕跡，不管山水佔多麼大的面積，微小的人文痕跡卻是點睛之筆，畫的靈魂要與人文共建。在高山頂上畫一座房舍，於是引導觀者從山腳下啓程，盤旋而上，一種動態的行程被想像出來，它將在神秘空間中穿行。

比如一幅畫裏，山間一座小屋，山腳一條小路，它引導着一個想像：怎樣從山腳的小路走到那個房子去，想像中，你在神秘的山中不斷攀升，中間的過程完全不清楚。畫面的安排讓你在欣賞這個畫的時候不自覺地走入（消失在）畫中，去遊歷情境。那座房屋無論多麼高，多麼遠，一定是人跡可至，其過程曲折婉轉，忽隱忽現，這裏追求的正是一種具有自然神秘感的審美。

有的畫裏，樓閣廬舍在高崖絕頂，有樓舍必有路徑，只要艱難地搜索道路，一定能夠到達那裏。遊歷，就是融合，閱讀畫面越細，遊歷得越深，融入得也越深，這是一種心理上運行的特徵。除非你看一眼就走，若是欣賞這幅畫，一定會做畫中遊，一步一步，一層一層，在這個畫的結構裏穿行，在自然山水中穿行。這是一個表

明代戴進《雪景山水圖》　　　　　明代謝時臣《仿黃鶴山樵山水圖》

圖5.9

現人和風景之間特殊感覺的藝術形式。

　　有的畫，山上一座房子也沒有，但在山下畫了半截小路，它通向哪裏，任由觀者想像。小路所向，是一個神秘的去處，走上小路的人也肯定是神秘人物。畫的整幅是大自然，但半截小路為點睛之筆，人文的東西來了，但又消失（融入）在自然中（圖5.10）。

圖 5.10 山前小路

　　山的形狀無所謂，主要是表現氣氛，表現意境。山水畫表現的山水之美，側重內在，外觀是第二位的。要從外觀進入內在，是山水審美的核心精神。在山水的神秘之處，有仙境的品質，這是內在感悟的至高境界。

　　自然是整體，不是局部，在觀看自然景觀的時候，不取狹窄視角，而是從整體上觀看景觀。他們要盡量展

示空間的無限性。一幅畫，不是讓人僅僅「客觀地」看一眼，而是要展現一種具有吸引力的結構，讓人在畫中漫步，在漫步的時候欣賞每一個局部美。

關於中國傳統山水文化的特點，引發了學者們許多討論。哲學家方東美認為，這是中國人的一種超化的自然觀。超化，是人類特有的精神活動。超化，或者説超越性知悟，是指超越形體，超越功能，而昇華到形而上的認知感悟。中國山水畫的特點，不是追求外形的相似，山水畫裏面大都是變形的東西，它要描述的是一種內在美，內在的道理。

外在形體對於人類，不是最重要的。人類深刻思考、深切感悟的時候常常會閉起眼睛，瞪着眼不利於深刻思維。眼睛一閉起來，眼前這個聲色世界就消失了，人便騰飛在思想世界裏。這是人的一種特殊行為，動物沒有，動物一閉眼睛就睡覺。人閉眼睛不一定睡覺，可能在琢磨深思，也可能在深情感悟。人閉眼的時候比睜眼的時候厲害，最高深的哲學思想、最華美的詩句很可能是閉着眼睛想出來的。（另一方面，最惡毒的陰謀詭計也可能是閉着眼睛謀劃出來的。）

地理書中的名勝與詩文

　　在我國傳統的地理知識中，包含着對自然景物的審美積累，這種積累的結果，一方面是大量頌揚景物的詩歌書畫，另一方面則造就了山水林石的文化品格。在古代地理知識的記錄中，也包括這些山水審美的內容，翻一翻各地地理志書所羅列的內容，常常有風景名勝這個門類。

　　南宋時期編寫的《輿地紀勝》和《方輿勝覽》，都是地理類書籍，而書名上都突出了「勝」字。勝，就是名勝。在《方輿勝覽》卷首呂午的序裏説，本書與「氾濫於著述而不能含咀其英華」的地理著作大不相同，「端坐窗幾而欲周知天下」者，「操弄翰墨而欲得助江山」者，均可受益於本書。他的意思是，看這部地理書可以有兩種收穫，一是能夠周知天下各地之事，二是憑借江山之秀麗而激勵自己的文采。《輿地紀勝》的作者王象之也説：「收拾山川之精華以借助於筆端」，也強調了欣賞美麗風景與文采的關係。

　　《輿地紀勝》中設立了「詩」和「四六」(駢文，以四字六字為對偶) 兩個項目。《方輿勝覽》也含有「題詠」和「四六」這類項目。前者是輯錄了前人描寫地方人情景物的詩句，「四六」則以駢文的形式對各個地方的地理進行撮要。例如：

圖 5.11 兩書的書影

形容平江府（蘇州）的經濟地理特色：

> 軍餉轉輸舟運自此邦而出，
>
> 戶租充羨倉儲亦它郡所無。（充羨，充足有餘。）
>
> （《方輿勝覽》卷二）

形容成都府的交通地理特色：

> 捫參歷井遂登蜀道之天，
>
> 就日望雲不竟長安之遠。（參、井為天上星宿。竟，
> 同覺字。）
>
> （《方輿勝覽》卷五十一）

《輿地紀勝》和《方輿勝覽》的文學氣息很重，很受文人的歡迎。《方輿勝覽》在印行之後，廣泛流傳了數十年，「學士大夫家有其書」。

圖5.12 清代王翬《瀟湘八景》

地理書籍中的文學傳統一直受到人們的喜愛。到了清代，程晉芳還說：「地理宜分識大識小二種，各自為書。」「識大」是知曉天下形勢，懂得各處郡國的利弊，「識小」是「以資詞人學士歌詠文字之用」。古人講地理，就是這樣重視景觀感受以及對這種感受的文學表述。地理與

文學的緊密結合，是中國傳統文化的一個強項，它影響着傳統地理知識的特點，也提升並造就了中國人對大自然的審美水平與特色。

不知是誰最早開創了評選風景的先例，北宋沈括的《夢溪筆談》一書已經談到了用繪畫和美麗辭藻點評風景的記錄：「度支員外郎宋迪工畫，尤善為平遠山水，其得意者有平沙雁落、遠浦帆歸、山市晴嵐、江天暮雪、洞庭秋月、瀟湘夜雨、煙寺晚鐘、漁村落照，謂之『八景』。好事者多傳之。」這是早期的最著名的一組八景，稱為「瀟湘八景」。

後來有「好事者」一一對應了地點，把八景的地方逐個落實。

漸漸地，在中國絕大多數地方，都出現了「八大名景」。它們彷彿成了每一個地區特有的地理要素。翻開中國的地方志，差不多都能找到當地那八個由美麗的辭藻所命名的美景。

京師的八大美景當然要排在首位，在最後一個王朝清朝所留下的北京「燕京八景」的名單是：

太液秋風　瓊島春陰　金台夕照　薊門煙樹

西山晴雪　玉泉趵突　盧溝曉月　居庸疊翠

中國人不但給風景命名、著書立說，還要給風景立碑。在自然風景區裏，我們常常會看到古人在石壁、石塊、石碑上的題刻。那都是一些精心選擇的十分雅致的辭藻，讀着那些辭藻，我們會愈加意會眼前的如畫風景，

圖 5.13 燕京八景之一：瓊島春陰

圖 5.14 泰山題刻，明萬曆己酉年（1609）

同時，又會讚嘆古人對文辭選用得如此出神。此刻，我們同時欣賞兩種美，一種是自然景色的美，一種是人類語言的美。

西洋樓，西洋景

　　圓明園是清代北京西郊皇家園林 ——「三山五園」的一部分。康熙皇帝初建，雍正皇帝擴建，到乾隆皇帝的時候建成。

　　「三山五園」是：香山、萬壽山、玉泉山，稱為三山；三座山上分別建有靜宜園、清漪園（頤和園）、靜明園，加上附近的暢春園和圓明園，統稱五園。（圓明園本身又由三園構成：圓明園、萬春園、長春園。）

　　在圓明園中，有一處特別的地方，在園區（長春園）的東北部，風格與眾不同，稱為「西洋樓」，呈現的是西洋景致。現在遊人到圓明園，主要是去看西洋樓的遺址。

　　遊人徜徉在西洋樓的廢墟中，在痛感名園被毀之國難的同時，也會想像西洋樓盛時的原貌，讚嘆當時選擇興建西式園林的開明決策。大家都知道，在那個時代，中西文化交流是多麼艱難，而又多麼重要。

　　在遺址中看到的，主要是坍塌了的雕刻精美的石質建築構件。人們一眼便可以看出，當初，它們所組成的西洋樓與中國的磚木建築是多麼不同。其實，作為西式園林，本來還有幾樣景觀與中式園林大為迥異，只是因為那些景觀必須在園林完好運轉的情況下才能顯現，在如今

圖 5.15　西方城市中的噴泉

的廢墟中，遊人是不可能見到了。這裏介紹兩樣最具代
表性的西式園林景觀。

　　一是水之美景。

　　中國人欣賞水之美，是基於「水向低處流」的自然形
態，瀑布、流泉、疊水等都是這樣。即使是百分之百的
人造景觀，也要做成自自然然的樣子，連几案上擺放的
小盆景，也要彷彿天成。而西方哲學提倡變革自然，展
現人的智力，所以，反自然便成為美。西方的水之美，
不是向下流，而是向上噴，人造噴泉是他們的代表作 (圖
5.15)。

　　圓明園西洋樓遺址群中，有一處由保存尚好的石刻
貝殼所標誌的水池遺址，這曾是一處精心設計的水景。
據説，最初的設計是要在水池周邊安放若干石雕人像，多

半是裸體或半裸體的，這是古希臘、古羅馬的風格。中國皇帝當然不容許裸體形象出現在御園中，所以改換了中式的十二生肖像（圖5.16）。而與中國傳統不同的是，它們都要口中噴水，噴向水池中央，由噴射的弧形水線織成美麗的西式水景。

水向天行，違反中國哲學提倡的境界，卻反映西方哲學的主旨，即用人類的智力，改變自然的原形。運用西法所出現的美，已經不是自然之美，而是人力之美。中國人看到水上行，以為是一種西洋法術，所以稱之為「大水法」。

我們現在都知道，水上行，要有水壓。所以，在圓明園「大水法」遺址旁邊有一個高台遺址，曾是噴泉形成的關鍵設施。這個高台稱作「蓄水樓」，上面曾經是一個貯水池，現在僅剩台基（圖5.17），並不引人注意。當年就是靠它，形成水壓，在近旁的幾個地方產生噴泉。在西方文化的本部，即古羅馬城裏，曾有噴泉上百，為了保持高水位，向羅馬城內輸水的水渠都是被高高架起的。

二是樹之美景。

在能看到的關於早期圓明園的圖畫中，有不少造型奇怪的樹木，有的像糖葫蘆，有的像螺絲轉（圖5.18、5.19）。這些樹顯然都是被人工修剪成這個樣子的，他們認為，這樣的樹，很美。真不知當年的乾隆皇帝是否認同這一點。

乾隆在一首詩（〈題唐岱山水便面〉）中寫道：「峰容樹態總天真。」天真，也就是天然，這是中國人欣賞樹之

圖5.16 圓明園海晏堂前噴水池兩側的十二生肖

圖5.17 圓明園西洋樓區蓄水樓基址

美的原則。在中國傳統繪畫中，有很多蒼松、垂柳、藤
蘿。古松那扭曲皴裂的軀幹、垂柳那柔順飄逸的枝條，
正是畫家捕捉的氣質。中國畫家會拒絕描繪方形的樹冠
或圓錐形的樹體。中國的園林藝術家也不會把樹木剪成
抽象的幾何造型，那樣，便失去了天真。

圖5.18 清代郎世寧西洋樓銅版畫《大水法正面》

圖5.19 清代郎世寧西洋樓銅版畫《蓄水樓東面》

　　不知當初西洋樓景區的樹木是否果然如畫上所表示的樣子，或許洋樓就是要配上這樣形狀的樹木。

　　我們還注意到，西方的城市規劃雖然不講對稱，但在園林設計中卻很注重對稱。例如西方園林文化的典型 —— 法國凡爾賽宮的園林，彷彿就是用尺子和圓規

圖 5.20　法國巴黎凡爾賽花園中的樹

規劃的,那裏沒有通幽的曲徑,只有筆直的景觀廊道。
對稱,成為典型景觀,如果左邊是八棵樹,右邊也要八
棵樹,如果左邊有雕像,右邊就不能空着。在西式園林
裏,不是追求天人合一,而是陳列被人類改造了的新的姿
態,那是在表達人類的理性美 (圖 5.20)。

六 千里不同俗

「百里不同風，千里不同俗」，這是漢代人的説法，他們清清楚楚地看到了這個今天稱之為「文化地理」的現象。在他們當時的語言中，風與俗不一樣，「凡民函五常之性，而其剛柔緩急，音聲不同，系水土之風氣，故謂之風；好惡取捨，動靜亡常，隨君上之情欲，故謂之俗」。意思是，一個地方的水土，也就是自然生態環境，影響着人們的性格、語調、歌謠等等，這類事情叫風。而社會中人的好惡，尤其是上流人物的喜好，影響着人們的趣味、慾望、追求等等，這類事情叫俗。兩樣加起來，就稱為風俗。

　　在現代知識中，風與俗已經沒有這麼仔細的分辨，我們都是兩個字連用，風俗的意思也是很清楚的。風俗包含的內容很廣泛，有物質的方面，比如飲食、服飾、民居、生活器具等等；也有精神的方面，比如方言、民歌、戲曲、信仰等等；還有類似制度方面的，比如婚喪嫁娶的儀式等等。講風俗地理，也就是講各地不同的風俗習慣，講它們的地區差異。這是文化地理中很重要的內容。

　　今天，旅遊是一項很熱門的活動，旅遊者到各個地方去轉悠，很多人就是去觀看各地有趣的風俗。只要風

俗不一樣，就會吸引人。百里不同風，千里不同俗，所以，要想看到有趣的風俗，跑得越遠越好。

不過，講風俗地理的時候，主要是就一個國家之內各地的風俗差異而言。而國家與國家之間，雖然會有風俗差異，但不會用風俗地理這個概念。國與國的差異，一般會更深刻一些，用政治差異、文明差異、社會制度差異等描述更合適。

所以，領土遼闊的國家，風俗地理的問題才會比較突出，也才值得講。千里不同俗，這就是地理上的基本特徵，沒有足夠的距離，不大會產生風俗的差異，除非有高嶺深淵的分隔。漢朝，是一個領土遼闊的國家，所以出現明顯的地區風俗差異。對社會歷史做仔細觀察的司馬遷，早就看到了這一點。

司馬遷的描述

人生活在地理環境中，也生活在歷史環境中，兩方面加起來，塑造出不同的風俗。司馬遷就是從這兩個方面出發，觀察並描述了當時的風俗，這些內容，我們可以看作是漢代的文化地理。

司馬遷所觀察出來的風俗分區，大多都有戰國時期那些諸侯國的地理背景，他列舉的風俗區域主要有：關中、三河、燕地、齊地、鄒魯、梁宋、潁川和南陽、西楚、東楚、南楚等等。很多都是用諸侯國的名字做地區的名字。另外要說一下的是，關於風俗區的劃分，並不會十分精細，一般只是大略地分別一下。

描述風俗，或者辨別風俗的差異，可以有許多觀察點，司馬遷的觀察點大多在人的性情：有的地方重文輕武(魯地)，有的地方反過來，重武輕文(代地)，有的地方的人足智多謀(齊地)，有的地方人品厚重(梁宋)，有的地方的人巧說少信(南楚)，有些地方的人雕捍少慮(燕)，有的地方有先王遺風(關中)。總的說來，北部、西部地區出軍事家較多，而東部出文臣較多，俗稱「山東出相，山西出將」。

前面説過，風俗的形成與自然地理環境和歷史社會環境有關係。司馬遷在談各地風俗時，注意到了風俗形成的背景。魯地為甚麼「俗好儒」，因為有周公的遺留風氣。關中因為有先王遺風，也就是周秦時代的國君和朝廷大多在這裏，所以重視農業。上谷至遼東（東北地區）「地踔遠，人民希」，所以「民雕捍少慮」，比較魯莽。

讀一下司馬遷關於越和三楚地區風俗的描述：

> 越、楚則有三俗。夫自淮北沛、陳、汝南、南郡，此西楚也。其俗剽輕，易發怒，地薄，寡於積聚。江陵故郢都，西通巫、巴，東有雲夢之饒。陳在楚夏之交，通魚鹽之貨，其民多賈。徐、僮、取慮，則清刻，矜己諾。

（三俗：西楚、東楚、南楚三地不同俗。雲夢：古湖泊名。楚夏之交：陳的南面為楚，北面為古代的夏，位於二者交接之處。取慮：地名。清刻：清廉嚴格。矜：注重。己諾：自己的承諾。）

> 彭城以東，東海、吳、廣陵，此東楚也。其俗類徐、僮。朐、繒以北，俗則齊。浙江南則越。夫吳自闔廬、春申、王濞三人招致天下之喜遊子弟，東有海鹽之饒，章山之銅，三江、五湖之利，亦江東一都會也。

（俗則齊：風俗與齊地類同。浙江：指錢塘江。）

> 衡山、九江、江南、豫章、長沙，是南楚也，其俗大類西楚。郢之後徙壽春，亦一都會也。而合肥受南北潮，皮革、鮑、木輸會也。與閩中、於越雜俗，故南楚

好辭，巧說少信。江南卑濕，丈夫早夭。多竹木。豫章出黃金，長沙出連、錫，然堇堇物之所有，取之不足以更費。九疑、蒼梧以南至儋耳者，與江南大同俗，而楊越多焉。

（南北潮：比喻在南面長江、北面淮河之間。輸會：貨物集散。堇堇：僅僅。更費：抵償支出。九疑：即九疑山。疑，又作「嶷」。大：大致，大體。）

司馬遷講的風俗，大多是精神氣質方面的東西。對這類風俗不能小看，它們可以在政治生活中找到價值，產生重要影響。例如知人善任，是政治領袖必備的素質，而要全面了解一個人，知道他的家鄉背景、風俗習慣，總歸是有幫助的。

司馬遷寫《史記》，說自己要究天人之際，通古今之變。其實，他不僅通古今之變，也通東西南北之變，也就是熟悉各地的地理差異。這在那個沒有現代交通與信息手段的時代，對天下事能夠如此了然，真是很不容易！

司馬遷對於風俗地理的觀察與描述，影響了後世歷史學家的寫作。到了東漢，班固編纂《漢書》的時候，也繼續對風俗地理進行仔細的記述，這主要表現在《漢書．地理志》裏。要知道，《漢書．地理志》乃是中國歷史上第一篇以地理作題目的正式文本，在地理學發展史中，意義是很大的。

在東漢末年，有一位泰山太守，叫應劭，他寫成了中國最早的風俗專著《風俗通義》，這樣，風俗的問題就

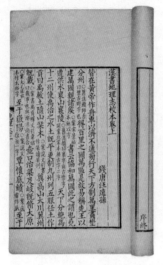

《漢書・地理志》書影

《風俗通義》書影

圖6.1

成了一項專門的知識。中國這麼大，風俗的問題的確不是個小事情。

鄉音難改

語言是人類特有的文化，從地理方面觀察，語言的語音、詞彙都反映環境的特點，具有生態性、區域性、傳播性三大地理特性。

語言內容是在自然環境與社會環境中生成的，有原生態的詞彙，也有文化交流傳播的詞彙。在語言中，區域文化含量很大，語音與詞彙反映區域文化特點，某人一張口，我們就知道他的地域背景，他的故鄉（母文化區）在哪裏，是老派人還是新潮人，文化水平如何，等等。有一個北京人，節日時上了天安門，興奮地說：「我上城樓子了！」這是老北京人的說法，不是老北京，不會把天安門叫「城樓子」。

世界上不同的語言有幾千種，各種語言都有一定的地理區域範圍。在世界各種語言中，中國漢語的生態區域最大，因為區域大，漢語區內又分成不同的方言區。方言的豐富性，誰也比不上漢語。

中國漢語方言的分佈大概有七大方言區：官話（北方）方言、客家方言、湘方言、贛方言、吳方言、粵方言、閩方言。這是講漢語方言地理的時候最常說的幾個

區。如果稍微細化一點兒，不止這七個區，每一個大區還可以分亞區，數量遠遠多於七個。

在這幅漢語方言分佈地圖中（圖6.2），官話（北方）方言佔了絕大部分面積，從黑龍江一直到雲南都是它的天下，使用人口差不多佔漢族人口的四分之三。這樣的分佈形勢，是歷史造成的，人口的遷徙、經濟文化的頻繁交流，是其重要的背景。

其他六大漢語方言多數集中在中國的東南部。這種分佈有自然地理基礎，東南多山，人的流動性本來就小，再加上一些人文歷史原因，造成那裏比較細密的方言分佈狀況。

關於方言的存在，不是個晚近的事情。中國歷史這麼悠久，而且很早就形成了大地域的國土，所以方言差異的問題很早就出現了。

在戰國時代《孟子》這部書中，記載了孟子與戴不勝的一段對話。

> 孟子謂戴不勝曰：「子欲子之王之善與？我明告子。有楚大夫於此，欲其子之齊語也，則使齊人傅諸？使楚人傅諸？」曰：「使齊人傅之。」曰：「一齊人傅之，眾楚人咻之，雖日撻而求其齊也，不可得矣。引而置之莊岳之間數年，雖日撻而求其楚，亦不可得矣。」（〈滕文公下〉）

（孟子對戴不勝說：「你是想有一位好的國君吧？我來告訴你吧。有一位楚國的大夫在這裏，想讓自己

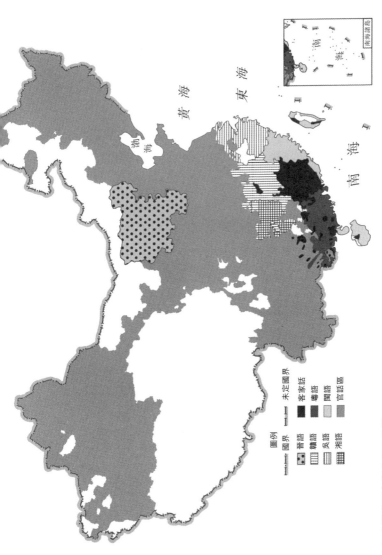

圖 6.2 中國漢語方言分佈示意圖

圖例

國界　　　　未定國界

■ 晉語　　■ 客家話
▨ 贛語　　■ 粵語
▤ 吳語　　▦ 閩語
▦ 湘語　　▦ 官話區

南海諸島

渤海　黃海　東海　南海

的孩子說齊語，那麼是請齊國的老師呢，還是請楚國的老師？」戴不勝說：「請齊國的老師。」孟子說：「一個齊國老師教他，一群楚國人在他周圍喧嘩，雖然每天用鞭子逼他講齊語，也是辦不到的。假如帶他到齊國城裏住幾年，雖然每天用鞭子逼他講楚語，也同樣是辦不到的。」）

孟子是用這個學習語言的故事講述一個道理：想要有個好國君，而周圍都是奸臣壞蛋，那國君自己想做好，也是不可能的。

故事裏面所說的「齊語」「楚語」是不同的語言，二者之間存在的當然不會是外語那樣的差別，而只是方言的不同。這是戰國時期在中國存在方言的一個證明。

關於外語的問題，古人另有記錄。漢代張騫通西域，發現西域人講許多不同的語言，與最遠方來的人講話，需要「重九譯」，意思是中間要坐八九個翻譯，一個人翻一種語言，翻譯接力。這樣的翻譯場面真夠熱鬧的。

想像起來，「重九譯」是很容易出問題的，在這頭說要喝水，一個個翻譯接力過去，可能就變成洗手了。

中國古人認為，語言亂，是文化不發達的特徵。邊陲屬於化外之地，也就是野蠻之地，別說是沒有詩書禮儀，講的話也與鳥獸的聲音沒有太大差別，東漢大學者鄭玄說夷狄人通鳥獸之語。當然，這些看法都是很不對的。

在中國歷史上，漢語的擴展屬於一種文化傳播現象。而移民是文化傳播最痛快的形式，是地域間文化傳播效率最高的形式，它不需要一個慢慢學習的過程。特

別是，有的移民是集團式的移民，其文化傳播的效率和文化的完整性就更高。

中國漢語方言地理的分佈就受到大移民的影響。在中國歷史上，影響華夏方言（本來在黃河流域）向南傳播的，有三次大移民，即公元4世紀的「永嘉之亂」、8世紀的「安史之亂」、12世紀的「靖康之難」。當時的社會背景不是「亂」就是「難」，原因都是社會大動盪。移民使語言的分佈向遠方擴展，在南方很遠的地方也出現了北方方言。當然，這些都是很久以前的事情，關於今天的方言格局的形成，還有其他更多的歷史原因。

歷史上移民的具體過程是複雜的，移民的形式也是多樣的。有的移民的落腳地，集中在一塊不大的地理區域內，這會造成外來方言的「孤島」。比如杭州一帶，本來是吳語的世界，靖康之難時，開封的皇帝率領王公大臣一窩蜂湧進杭州城，改變了杭州城裏的口音。我們現在去杭州，會感到城裏的人講話與周圍遠郊區人的口音有些不同。城裏語言有更多的北方因素，這是當年移民文化的遺產。

廣東、福建、江西接界地帶的客家人，原來也不是當地人，是「客人」，也是北方人以集團的形式移民到了這裏。他們長期駐紮，自成群體，不和當地人混合，漸漸形成那個地方獨立的文化群體，他們的講話與周圍人不一樣，一直保留有中原古音。有學者甚至認為他們的某些房屋形式，與當初北方戰亂時代出現的塢壁有些關係，所以像封閉的城堡（圖6.3）。如果真是這樣，這個歷史淵

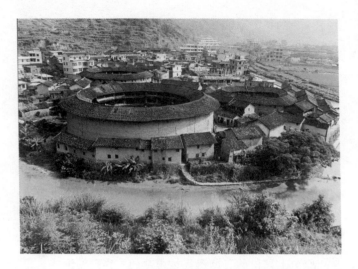

圖6.3 客家土樓

源就更早了，一下子到了曹操、劉備的時代。中國很多
文化現象確實有久遠的歷史，歷史大移民，是方言分佈局
面變動的主幹性的原因。

　　據研究，穩定的行政區劃對於方言的發展起到制約
作用。中國人習慣於生活在穩定的行政區劃裏，到今天
這個習慣還有。建立穩定的行政區劃，是維持中國社會
穩定的重要手段。這種與權力相對應的社會區域性，為
文化發展提供了穩定的外因。人們對於行政區劃的歸屬
感與對文化的歸屬感是差不多一致的，我們常常用政區的
名字作為文化區的名字。說山東人與說有山東文化的人
是一樣的意思。長期穩定的行政區劃給人們帶來穩定的
文化心態。一個穩定的行政區劃會推動一個穩定的方言

區域的形成。學者們發現，許多方言分區與中級行政區（縣上面一級的政區）大體吻合。

在方言地理中，還有一種稍微複雜的現象，即權威土語（當地人最高看的一種口音），它說明，語言的文化差異不只在語言本身。在一個語言複雜的環境中，一般是以文化先進的城市為依託，流行一種權威土語，人們都認為講這個口音最體面。

在大都市裏，隨着都市行政區劃歸屬的變化，時髦的權威土語也會變化。學者考察過上海地區的權威土語的變化。明朝的時候，上海只是一個小城鎮，其行政中心在嘉興，嘉興話在上海是最時髦的、最體面的口音。到清代，上海歸蘇州管，於是蘇州話變成最體面的。到了現代，上海自成中心，自然地，地道的上海話就成了最時髦、最權威的土語。權威土語隨着行政中心的轉移而被重新選擇，這也是一種文化現象，和移民的情形不同，其變化受到其他因素的影響。有社會威權撐腰的方言會格外受到「待見」（崇尚）。口音競爭靠背後的實力，這完全是人文關係。

這種現象現在有沒有？方言分佈好像已成定局，那麼哪一種聲音最體面、最時髦？小品裏面東北話時髦，但在實際生活中並不流行。現在有一種口音又時髦又體面，說不清它是台灣口音、香港口音，還是普通話。明星在媒體露面，大多講這種口音。不管這些明星是哪兒的人，都能拿捏出那種味道來。社會上許多年輕人，也很善於模仿這種聲音。在中國，這種口音與現代化同步而來。

在方言、口音問題上，人不是全然被動的，也會選擇。所謂文化認同，包含兩個概念，一個是歸屬，一個是選擇。歸屬，是水土帶給你的，逃不掉。但你是大活人，你可以選擇。怎樣選擇？當然是按照價值觀來選擇。在主動選擇的時候，有時候要告別你的歸屬，要掩飾你的歸屬。在方言口音方面，從不同地方來的人在心中肯定有個自我評估，評估家鄉口音的地位。有些地方來的人要盡量掩飾自己的口音，有些地方來的人要盡量展現自己的口音，這裏面有語言文化價值觀。在崇尚革命的年代，老革命，越老的革命者，就越講四川話、江西話、湖南話，那種方言令人敬重，很多大首長都是那樣講話，首長越大，方言越重。講普通話反而沒有意思。舉個例子，「中華人民共和國」(湖南口音)，在天安門上用方言一唸，很有氣勢，非常首長。如果用普通話唸，就是廣播員。(可演習一下。)

　　方言的地位與時代價值觀掛鈎，方言成為一種符號，一種價值的符號，給人不同的文化感受。香港電影裏，土氣的角色一出場，一定是講北方話，這是香港電影的符號特點。內地人都記得，改革大潮一來，價值變化，廣東話來了，然後台灣話來了。

　　現在，有一種超越區域文化的東西，叫大眾文化，流行文化，內涵非常寬泛，侵入大部分的空間，佔領了大部分景觀。流行文化與語音也有對應。在流行文化裏面出現了一種口音，很時髦，比如前面說過的明星口音。這類口音是媒體口音，已經沒有地方區域的定位。現代化造成

很多區域性、地方性的喪失（placelessness），包括口音。

　　一般説來，方言的培育需要有相對封閉的空間環境，但有些方言的形成是融合而成。可以説有兩條路徑。據學者研究，在中國的中古時代，契丹人進入北京地區，一方面，契丹人學習漢語，但另一方面，又導致漢語口語裏融入契丹發音。後來的清朝，滿族人進入北京，也有這個特點。北京話就是這樣逐漸形成的。

　　從地理上看，有方言接觸帶、接觸區，在那裏，不同方言的競爭，產生權威土語現象。

　　因為中國的方言差異太大，因此中國有方言字典，比如《潮汕字典》，有不同方言的發音對照。例如我、杯、走三個字在普通話與廣東話裏的發音分別被標注為：

	普通話	廣東話
我	wǒ	ŋo
杯	bēi	buoy
走	zǒu	zhao

　　中國需要語音規範，即國家標準的官方口音。據説民國初期，很多議員來自廣東，提出用廣東話來做官方的標準口音。孫中山不同意，最後決定用北方的官話作為政府的官方語言。

　　最後提示一點，方言文化是純粹的非物質文化，它甚至不可能有物質符號。像飲食、服飾、房屋都可以有物質符號，放一碗豆汁兒，代表北京飲食文化；紮一個白

羊肚頭巾，是陝北服飾文化；做一個帳篷的模型，是草原文化；畫一個臉譜，代表中國戲曲文化。但是，能給方言一個物質形狀嗎？能做出一個小東西代表上海話，再另做出一個小東西代表廣東話嗎？做不出來。有很多精神文化，無法給它們物質外形。這類文化必須依託在活人身上，死人都不行。

四方有佳餚

飲食是一項重要的中國文化名片，它有很強的地理分佈特徵。

在給飲食文化地理進行分類的時候，可以按照不同的層次進行。粗分，在最宏觀的層面上，可以是四大菜系，稍微具體一些，可以是八大菜系。這些菜系都是在歷史中形成的，都可以在地圖上表示它們的誕生地。

不同菜系的形成，也是有自然與人文兩方面的原因。自然環境，特別是自然物產，是地區飲食特色的基礎。另外，生態環境特點，氣候特點，也都影響人類的飲食構成。西南部的人，因為環境中濕氣重，所以愛吃辣。北方天氣寒冷，人們需要較多熱量，所以喜歡肉類，且味道偏鹹。海邊人吃海鮮較多，這個不用解釋。南方氣溫高，食物不易保鮮，所以人們發明許多醃製保存方法，臘肉、火腿都很有名。

人文因素，是比較複雜的影響因素，與歷史、文化、宗教都有關係。還有些是偶然落下的習慣，沒有太多道理，就是「我愛吃」。比如北京人愛喝豆汁，他們為甚麼愛喝這種怪味的東西，沒有大道理，就是「好這一口兒」。

飲食菜系的地方特色，在中國最明顯，美國的歷史不長，雖然領土很大，但各地吃東西都差不多，不像中國的差別這麼大，樣數這麼多。所以，在中國會有吃慣吃不慣的問題。請客人到家裏吃飯，吃完了，會問他「吃得慣嗎」？這個話題在中國人生活當中很普遍。常常有一個地方的人說另一個地方的飯不好吃的情況，南方人說北方的飯太粗，北方人說南方的菜太淡。南方人與北方人結婚，朋友們會瞎操心：「吃得到一塊兒嗎？」這種風俗文化的地理差別，在我們生活中每天看到，也每天都在發生變化。

舉一個飲食文化的小故事。毛澤東是湖南人，但他在陝北生活了很長時間。新中國成立後，又在北京城裏生活了很多年。在北京城，他只去過一家飯館，這家飯館在新街口，過去叫西安食堂，現在叫西安飯莊。北京飯館、飯莊這麼多，卻只有這家飯店可以驕傲地在宣傳材料上寫下：某年某月某日，毛澤東主席光臨本店。這個飯店賣甚麼呢？主要是陝西泡饃。毛澤東為甚麼去吃泡饃，或許這會喚起他對陝北十三年生活的記憶。

泡饃本來分佈的地理範圍很小，主要在陝西。這種風俗被人接受，要有一個過程。而一旦被人接受之後，便不限於原來的地域。人離開那個地方，仍不放棄文化記憶，仍然要追回當初那個地方的生活記憶。風俗本來是地方性的，但後來轉化為人的習性，隨着人走。這是一種特殊的文化傳播現象，說明文化的本質載體是人。現在又有了「毛家菜」，主要在北京、韶山。毛家菜與湖

圖6.4 髮菜

南菜沒有多大差別，但必須開在北京或韶山才顯得地道，這個地理原因很清楚。

人類社會是有組織的，包含各種體系，政治體系、文化體系、商業體系等等。不能小看這些體系，它們可以幫助人類克服自然地理的限制，打破環境設下的格局。在飲食地理這件事情上，就有很好的例子。

我們強調環境生態決定地方飲食特點，其實，是有例外的。有些地方的習慣性飲食，並不是依賴本地物產，而是取自遠方，甚至千里之外。舉兩個例子。

一個例子是廣東人的髮菜。

廣東人過節，不能沒有髮菜，因為髮菜是「發財」的諧音，講究口彩的廣東人很重視它，吃髮菜已成為廣東人的傳統（圖6.4）。而髮菜屬於藻類，顏色黑而纖細，像頭髮的樣子，主要產於西北比較乾旱的地區，例如內蒙古、寧夏、陝、甘、青等地。

髮菜名字吉利，味道也不錯。清朝人李漁在《閒情偶寄》中稱讚道：把西秦產的頭髮菜「浸以滾水，拌以薑醋，其可口倍於藕絲、鹿角等菜」。（西秦，指西北地區。）

明明是北方的物產，卻成為大南方的廣東人的習慣性食物。這是飲食地理中的一個複雜現象。當然，這個現象不難理解，必定是社會商業系統幫助廣東人克服了地理空間上的障礙。那些年，有很多商人從事髮菜生意，即使在計劃經濟時期，也有廣東的「採購員」，帶着大米、煤油爐（他吃不慣北方的麵食、粗糧），遠涉陰山以北，一個旗一個旗地購買髮菜。

看來，人文方面的強烈追求，也可以創造出一種地理格局。廣東人吃髮菜，或者說髮菜作為飲食的地理特點，就是因為廣東人的強烈愛好而形成，並且是由那些辛辛苦苦的採購員們所維持着的。

（必須指出的是，前些年，由於髮菜的過度採集，破壞了北方的環境。國務院已於2000年下達文件，禁止過度採集髮菜。）

另一個例子是蒙古族人的磚茶。

我們都知道，草原上的牧民離不開磚茶，這是一個歷史悠久的傳統。在《明史·食貨志四》上就說：「番人嗜乳酪，不得茶，則困以病。故唐、宋以來，行以茶易馬法。」

我國北部、西北部的一些民族，特別是從事遊牧生產活動的人們，其食物結構以牛、羊肉和奶酪為主，而缺少蔬菜和水果。在飲食中，他們逐漸體會到茶可以解油

磚茶

奶茶煮製

圖6.5

膩,助消化,所以形成了飲茶的習慣,甚至出現了「寧可三日無食,不可一日無茶」的依賴性。

他們飲用的茶主要是磚茶。方法是,先將磚茶切碎,在開水中煮一會兒,然後濾去茶渣,再加入牛奶,繼續煮沸,最後再加少量食鹽,就成為可口的奶茶。有時,在奶茶中放一些炒米(一般是用糜米炒製的)。據說蒙古族牧民每天要喝三次茶(圖6.5)。

磚茶主要是用黑茶作原料經過高溫高壓蒸壓而成的,生產於南方的湖北、雲南等地,是古代的茶商們發明了這種加工方法,並承擔着源源不斷地向北方輸送磚茶的職能。數百年來,磚茶以其獨特的、不可替代的作用和

功效，與奶、肉並列，成為遊牧民族的生活必需品。

在內蒙古草原上，到處都有奶茶的醇香，而磚茶卻是生產於千里之外的南方。這又是一個由於人文的特殊構建而形成的飲食地理現象。如果畫出磚茶這一特殊飲品的地理圖，會出現一幅翻山越嶺的畫面。

必須說明的是，磚茶是遊牧人的生活必需品，不是奢侈品。而作為奢侈品的食品，更會在高額利潤的引誘下，跨越千萬里。但他們不是生活必需品，不屬於我們這裏討論的飲食地理。

關於吃，有一些文化問題可以進一步討論。

吃東西本來是為了解餓，維持生命。但是人類對於吃，已經不同於動物了。人的特點是不渴我也要喝，不餓我也要吃。吃喝，不是為了解渴，不是為了解餓，而是為了愉悦、享受、解饞，這其實正是人類的飲食文化的精神基礎。如果餓了才吃，就不算是飲食文化。飲食的「文化」部分，不是解決飢餓的問題。餓了吃甚麼都可以，為甚麼非得用這些獨特的方法去吃？我們說，飲食文化是源於充飢，卻又高於充飢的。

現在的人類，想做一件純粹自然的、沒有一點兒文化的事情，很難。吃，是最基本的事情，比如吃小麥，最「自然」的吃法是直接嚼麥粒，但現在沒有人這樣「自然」地吃，而都是要先把它磨成麵粉。這一磨，文化就來了。磨成麵以後，做甚麼？文化就更來了。中國人做烙餅，做饅頭，做麵條，做包子，做餃子。西方人沒有那麼多花樣，他們沒有蒸的饅頭，都是烤的麵包。西方

人看到中國的饅頭，一問做法，是蒸的，於是叫 steamed bread（直譯為蒸氣麵包）。

人就是這樣，在進行滿足最基本的、最自然的需求的活動時，總要伴有文化風俗的形式，文化似影隨形跟着你。人不可能脫下衣服，撲滅火種，再爬到樹上去生活。文化方式已經全方位地滲透在人類的各種行為中。我們過去說經濟活動、政治活動、文化活動、軍事活動等等，分得很清楚。其實，哪有純粹的經濟、純粹的政治、純粹的軍事？現在的人，都是文化人，人一露面，文化就來了。

有的人吃狗肉，吃着香，可一旦被告知是狗肉，反倒吐出來。他吐出來的是風俗、文化。這是另一種情況。

有一個酒的廣告，說甚麼年代喝的是甚麼，從喝味道，到喝品質，到喝品牌，到喝氛圍。喝來喝去，越喝越虛，最後喝的已經不再是酒本身。不是酒是甚麼？是價值。這個廣告敘述的核心線索是價值轉換，不同的時代，喝的都是酒，但不同時代注重的價值不同了。在這條廣告詞裏，酒成為實現價值的媒介物。

現在吃飯，也已經不光是吃飯，還要吃氛圍。的確，飯館做菜的時候，也要給你做氛圍，加上氛圍，是更講究的飲食文化。飲食文化，不光是菜，還包括精神的東西。

有的飲食文化裏還出現儀式，就更不得了了。喝茶最典型，你渴得要命，等着廣東人給你做功夫茶，急死了。折騰半天，端上一小盅。這種喝茶的儀式，在你真正口渴的時候，享受不到它的文化。

南腔北調

戲曲在我國有悠久的歷史，漢代已有「百戲」，在張衡作的〈西京賦〉裏，說到一個有故事情節的表演，主角是「東海黃公」。故事是講東海那個地方有一個姓黃的老頭，年輕時本領高強，能制伏毒蛇猛獸，身上常常掛着一把赤金刀。但老了以後，體力衰減。一日，遇見一隻白虎，老頭依然上去舞起赤金刀與虎搏鬥，但終不敵老虎。表演的看點是人與虎（人扮）的搏鬥。

千里不同俗，而不到千里，戲曲就已經不一樣了。中國的地方戲很多，地方戲與方言的關係又很密切，許多省區都有自己的地方戲，是典型的有地域分佈特徵的文化。據估計，中國的地方戲有三百多種，演出的劇目可達一萬。如此豐富的戲曲文化是在漫長的歷史時期逐漸發展起來的。

很多地方戲的形成，植根於本地文化，特別是方言特徵明顯的地方戲。但也有些地方戲不一定是本鄉本土的產物，而可能經歷一番文化傳播的過程。比如梆子戲主要是在西部、北部，但又有各地的特點。它最初是在山陝交界的地帶形成，後來傳入關中，形成秦腔，吼腔最厲害。然後到河東，就是過了黃河，到了山西南部，

圖6.6 漢代畫像磚上的娛樂圖

形成蒲州梆子。蒲州是今天山西運城一帶的古稱。接着
又傳到山西北部，形成了北路梆子。再由山西北部到河
北，變成了河北梆子。由河北再往山東傳播，形成了山
東梆子。再向西轉，與河南的地方戲結合，生成河南梆
子。這一串梆子的出現，構成了一道文化歷史傳播帶。

戲曲專家們總結傳統地方戲曲的分佈是：「南崑北
弋，東柳西梆」，即南方有崑曲，北方有弋腔（源於江西，
後傳入北方），東部有柳子腔（山東地區戲劇的原調），西
部有梆子。這是戲曲地理的大致形勢。

經過一代代戲曲家們的努力，戲曲的水平不斷提
高。值得注意的是，提高常常是地區交流的結果，歷史
上戲曲文化的交流與傳播是十分活躍的，幾乎沒有哪一種

地方戲是自拉自唱孤立發展的。有些所謂「地方戲」，其實流行的範圍很大，可以說是連州跨省。這種情形正反映了移民或者文化交流的歷史。比如在內蒙古的南部，即大青山山前地區，流行山西晉劇，這正反映了歷史時期山西移民進入這個地區的情況。

在各地戲曲的發展中，京師，這個首善的地方，由於四方人文薈萃，它為戲曲走向高峰提供了獨特的條件。京劇的誕生，就是其代表性的成就。

我們知道，京劇並不是純粹北京的產物，徽劇以及其他一些地方曲調曾是京劇形成的重要元素。清代乾隆五十五年（1790），原來在南方演出的徽班進京，京師舞台呈現三慶、四喜、春台、和春四大徽班競技的場面，獲得好評。後來道光年間又有湖北漢調演員進京，與徽班

圖6.7《同光十三絕》(清代光緒年間,畫師繪製同治、光緒時期的十三名崑曲、京劇名角的劇裝像,稱為「同光十三絕」)

同台演出。最終,又在與崑曲等其他曲調的結合中,逐漸形成了京劇。

京劇的例子說明,文化在傳播中,有機會融合不同文化的元素而形成新的品種。地理傳播,為文化創新提供機會。甚至可以說,文化要創新,必須依賴交流。而考察文化的發展,必須要考察它的地理過程。

清代北京城裏有許多各地人士修建的會館,大的會館裏面有舞台,可以唱戲,成為文化會館(圖6.8)。例如湖南、湖北人聯合起來修了一個會館,叫湖廣會館,裏面有非常講究的戲台。看戲的時候,人們坐在八仙桌周圍,一邊吃點心、喝茶,一邊聽戲。唱戲的在上面唱,下面的人隨着喝采,唱腔與喝采聲相互交融。這是中國舊式的戲曲文化。

戲劇評論家説，與西方戲劇舞台不同，中國的舞台與觀眾之間，沒有「第四面牆」（舞台自有三面牆，與觀眾之間另有看不見的第四面牆），意思是，演員與觀眾並非隔為兩個世界，而有充分的交流互動。演員演唱之間，會夾雜觀眾的叫好，沒有叫好不夠勁兒，叫好還要叫在點上，不是亂叫。

中國這個戲曲文化很特別，這可能是初期城市戲苑的狹小空間造成的。中國沒有希臘、羅馬那樣古典的寬大劇場，許多戲苑是由茶樓發展起來的。因為是茶樓，人們進去就可能不是專門為了看戲，還有別的享受，安排別的事情。有些商務談判可以在這裏進行，這裏也是一個社交場所，甚至辦成大事。

中國的傳統戲曲舞台，不光是設立在城市裏，在全國各地的縣里、鄉間，也有各色各樣的舞台（圖6.9），相當普及，地理覆蓋面很廣。許多農村裏的人，沒有文化，完全不識字，但他們都知道劉備、諸葛亮、包拯、楊貴妃，也都通曉奸臣可惡、冤情必伸的道理。戲劇是向社會基層傳播文化知識的有效形式。有人説中國的戲曲鑼鼓聲音太大，這在鄉間舞台是需要的。「中國的戲是大敲、大叫、大跳，……但若在野外散漫的所在，遠遠的看起來，也自有他的風致。」（魯迅，〈社戲〉）在鄉間看戲，別有氛圍。魯迅小時趕去看社戲，遠遠便聽到吹唱的聲音，「那聲音大概是橫笛，宛轉，悠揚，使我的心也沉靜，……覺得要和他瀰散在含着豆麥蘊藻之香的夜氣裏。」（〈社戲〉）

圖6.8 會館舞台

圖6.9 傳統鄉村舞台

圖6.10 粵劇《搜書院》劇照

　　中國傳統戲，觀眾範圍廣泛，是各階層的人們都喜聞樂見的藝術形式。20世紀50、60年代，為了保存好優秀的地方劇目，國家投資，把一些重要地方戲的代表性劇目都拍成了電影，例如：廣東粵劇《搜書院》、河南豫劇《花木蘭》、晉劇 (山西梆子)《打金枝》、山東呂劇《姐妹易嫁》、安徽黃梅戲《天仙配》、江浙越劇《紅樓夢》、川劇《杜十娘》、滇劇《借親配》，等等，可謂盛況空前。

七

王朝都市

在人類早期歷史中，本沒有城市，城市是在歷史發展到某個階段才出現的。這個「某個階段」到底是甚麼時候，在哪個年頭？這是歷史學家討論不休的重大問題。關於城市的定義，有許多種，現在還找不出一個定義能把城市的內涵一網打盡，這不怪學者們無能，而是因為城市的問題實在太複雜。

城市可以從地理學的角度來觀察，這種觀察研究就叫城市地理學。而要觀察城市發展的全過程，那就需要城市歷史地理學了。

城市絕不是天然的，它是人造的。在人造的東西裏面，城市是個頭最大的。（最小的是甚麼？就算耳環、耳釘吧。仔細挑，肯定還有比它們更小的東西）。城市是人類的作品，也是人類生活、生產的場所。從地理學的角度說，城市的外部環境、城市群的分佈形勢，還有更有意思的城市內部的空間結構等，都具有特殊性，都是值得關注的地理問題。

古代的都城，是歷史城市的輝煌代表。帝王們習慣於把京城看作自己（寡人）的身份的放大，或者看作自己（朕）所統治的世界的縮影。京城的城市空間、城市景觀是一種特別的王朝語言，歷史地理學者研究古代城市，其實就是在閱讀這些特殊的地理文本。

城市與文化

城市是長期形成的東西，有很深的歷史淵源。中國的很多城市都有着漫長的歷史發展過程。據說二十多年前一位美國總統到北京訪問，感慨道：中國可以在幾年內建造一座美國城市，但美國幾百年也造不出北京。(現在，有些地方的中國人正在拆掉自己的古老城市，飛快地建造美式城市。我們應該做好歷史文化名城的保護工作。)

在地理景觀上，城市是由形形色色的建築物組成的。而建築正是人類創造的一種文化，它們規模大，內涵豐富。過去識別城市，就看有沒有樓房，一堆樓房，就是一個城市，今天不一定了。城市環境不斷在變，建築物的樣子也不斷在變。

建築物的樣子和材料有關係，和技術條件也有關係。早期建築物的材料是土、木、石、磚，這些都反映地理環境的特點。但後來變成水泥，現在是鋼鐵、玻璃、塑料等等。建築物的骨架是土木鋼筋水泥，房子要靠它們支撐，它們是「硬道理」。

大廈被「硬道理」支撐起來之後，我們關注的不再是它的材料，不再是它的力學原理，而是它的文化表達了。

本來，建築物最基本的屬性是它的功能，是個房子，就要能遮風避雨，人在房子裏可以安全舒適地活動、生活。這些基本功能是不能動搖的。但在功能之外，還有很多非功能性的東西，也不可缺少。這些所謂非功能性的東西，就是文化特色。在對建築進行文化加工上，也就是在建築藝術上，有着無限的創造空間。建築學家講：建築藝術仍然有很大的獨立活動的餘地，建築藝術的發展，遠遠比功能、技術的發展變化豐富得多。

一個建築師，不能僅僅有設計功能，只砌個牆，蓋個房頂就完了。他在設計房子的時候，實際上，用力最大的地方是藝術表現、文化內涵。功能是個相對簡單的東西，文化表現卻豐富多彩，與時俱進。關於建築，人們議論最多的還是它的藝術性。「優秀的建築物猶如凝固的音樂」，這是一句常說的話。其實，建築不僅是凝固的音樂，也是凝固的信仰，凝固的價值觀，凝固的權力。(比如皇帝時代的宮殿)我們面對建築物，無不感受它的精神氣質。所以建築是一類非常重要的物質文化景觀。研究文化地理，建築景觀是當之無愧的對象。

北京天安門廣場一帶，猶如建築文化博物館，這裏有天安門、紀念碑、人民大會堂、國家博物館、毛主席紀念堂、國家大劇院，此外還有幾座近代西式建築，時代各不相同。每次在這裏增添新建築，建築師們都有文化考慮。最晚落成的國家大劇院的設計者是位法國建築師，他說要告別傳統，令天安門與大劇院之間，有時代穿梭的感覺，讓兩座時隔遙遠的建築在景觀空間中爭輝。人們

到一個地方旅遊，的確喜歡欣賞新奇建築形態所帶來的快感。

　　普通人在裝修自己住房的時候，也都要在文化上費一番心思，會拿出一套很富於個性的設計。從鋪地磚的顏色，到櫃子的把手，各家有各家的高招。有的人喜歡洋式，有的人喜歡古香古色。談論房子，光談房子有多少多少平方米，是沒有甚麼文化的表現。去看鄰居的新居，要去欣賞文化的格調。

中西建築，兩樣手法

　　以下讓我們用文化的眼光觀察一下中西歷史城市建築的實例，看看它們在文化景觀上各有甚麼特點。

　　去希臘雅典，我們一眼就會看到衛城遺址（圖7.1）。衛城是古希臘城市的核心，古希臘的衛城總是在高崗上，高崗上有神殿建築。這樣的城市核心在中國古代城市裏是看不到的。

　　在中國，古代城市的核心，都是現實主義的東西，不會擺上神的東西。京師的核心，是皇帝的宮殿；縣城的核心，是縣太爺的衙門。

圖7.1　雅典

圖7.2 西方城市雕像

　　古希臘城市的核心是留給神的。衛城下面是凌亂的人間街巷。當時的希臘人說，你在雅典的狹窄街巷裏面轉悠，如果不抬頭看到衛城，你不知道自己是在城裏，那些狹窄凌亂的街巷與農村沒有多大區別，只有抬頭看到神殿，才會意識到自己在城市中。但是在傳統北京城，你站在大街上，一般看不到皇帝的金鑾寶殿。中國古代城市用的遮隱手法與古希臘用的顯示手法是不一樣的。

　　中國文化在表現威嚴的時候，手法是讓人「看不見」。看不見，神秘，才不得了。神秘，是中國的價值觀。神秘的東西，可以感覺，但不能目視，更不能觸

圖7.3 紫禁城中的祥禽瑞獸：
　　　鹿、鶴、贔屭（bìxì）

摸。俗話說，能人背後有能人，真人不露相，露相不真
人。在西方城市廣場上，常常看到君王或英雄的雕像（圖
7.2），但在中國古代城市中，帝王將相都不「露相」。在皇
宮周圍，看到的只是些瑞獸（圖7.3）。

　　在建築院落上，中國人在大門上做了不少文章（圖
7.4），這是中國文化的一個特點。中國的聚落都有牆，牆是
單調的，於是上流人物就在宅院的大門上下了很多功夫，
用門來展示他們非比尋常的社會地位。這樣的結果是，又
看得見，又看不見。院裏邊是看不見的，看見的只有威武
的大門。看得見、看不見，二者都顯示出居高臨下的威嚴。

圖7.4 不同的宅院大門

　　北京的紫禁城無疑是最崇高的，但北京城的老百姓有幾個看得見皇宮？看不見。看不見，更覺得它高不可攀。不讓看，是中國的一種文化手法，用來體現和塑造一種價值。深山密林，對於中國人來說，不是荒野，它的深不可測正是大道的天性。以看不見的方式存在，更具有永恆性。無法找到，無法看見，但可以溝通，溝通的方法也是神秘的。可以意會，不能言傳，意會是最深刻的交流。在高大的院門前面，一切都留給想像，大門背後，是一種想像的存在。中國人善於製造想像空間，在現實當中，在山水藝術當中，都是這樣。

　　舉一個中國民間建築文化的例子。圖中是山西富豪常家大院的新院門，是中國傳統門文化的表現。官僚文化在傳統中國社會中居於核心地位，影響最大。人們有了錢，在追求更高價值的時候，多半會參照官僚文化。

圖7.5 山西常家大院的院門、庭院

圖7.6 常家大院猴雕

常家大院裏面的房舍也完全是仿照王府官家(圖7.5)。

「門面」構成了一個符號體系,在這個體系中,有高低貴賤的不同表述。北京城裏四合院的院門有許多講究、許多等級。人們習慣於運用這個流行的符號體系為自己增值,在既定的文化樣式中進行選擇,符號體系控制着他們的想像力。常家大院的門樓樣式,不像家院而像城樓,這是他們所能想像到的最高等級的樣式,於是照樣修了一座。

再看建築裝飾(圖7.6)。不是皇家不能用龍,所以猴居然成為地方有勢力的人物在自己庭院中用作裝飾的

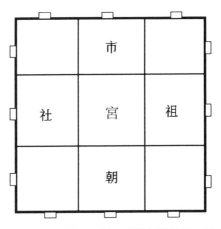

圖7.7《考工記》國都平面示意圖

圖7.8 古羅馬城平面示意圖

符號。猴，象徵封侯，取諧音。類似的還有蝙蝠、梅花鹿，取福、祿的諧音。中國古代建築文化中有很多這樣的符號。運用文化符號，可以給自己提高價值，增加榮耀，增添福氣。認同甚麼價值，就認同甚麼符號。

在歷史上，中國與西方都出現過修建理想城的想法，都提出過理想城的模式。中國人的城市（都城）理想模式被寫在《考工記》這部書裏：

> 匠人營國，方九里，旁三門。國中九經九緯，經塗九軌。左祖右社，面朝後市，市朝一夫。

（匠人，古代建築師。國，國都。經，南北向道路；緯，東西向道路。塗，道路。軌，車的寬度。祖，宗廟。社，社稷壇。夫，古代面積單位，方百步。）（圖7.7）

中國城市的理想形狀為正方形，而西方理想城的形狀是圓形、六角形或八角形的。中國的方形是人文世界觀的表現──端正。西方的圓形、六角形也另有含義，他們要把方向做細緻分割，不滿足於只有四個方向，而要盡可能從多的方向來瞻仰城內的特殊建築物。另外，中國城市內部，追求全城整齊佈局，有整體規劃，例如隋唐長安城、元大都城、明清北京城等，都是這樣。而雅典、羅馬則沒有全城整體規劃，只是每個建築單元有規劃，建築單元自身整齊，但建築單元之間的關係紊亂，角度隨意（圖7.8）。

秦始皇的咸陽

　　我們從城市文化上可以領略一下中國歷史上第一個皇帝 —— 秦始皇的博大心胸。

　　圖7.9顯示的是秦始皇活着的時候京師咸陽的範圍，包括城市宮殿的分佈。我們看看這位集權的皇帝的京師咸陽是個甚麼樣的城市，看看這個帝王文化的龐大的物質形態。

　　先秦時代的城市一般都是有城牆的，大體呈封閉的方形。但這位統一天下的皇帝的京城卻沒有城牆輪廓，畫不出一個方塊，看不出一個邊界，我們看到的只是向四面不斷擴展的宮殿地帶，據說方圓200里。

　　渭河兩岸的平原地區都是秦始皇的宮殿區。原來，在統一天下之前，秦國的首都主要在渭河北面，而隨着秦國的不斷壯大，開始把宮殿區向渭河南岸擴展，到了秦始皇的時候，渭河南北已經到處都是宮殿了。

　　秦始皇的都城範圍是任意擴展，無拘無束，沒有邊界的限定。在他的眼裏，關中平原彷彿就是他的京師，東方門戶是崤山、函谷關，南邊的屏障是終南山，號稱「表南山之巔以為闕」。(終南山的山谷入口處，有聳立的雙峰，猶如門闕) 漢朝人賈誼描述秦始皇是「懷貪鄙之

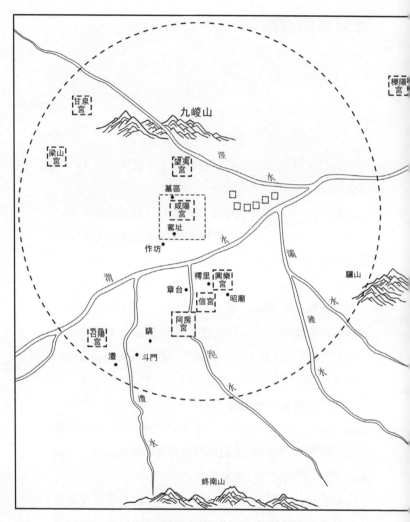

圖7.9 秦咸陽城宮殿分佈示意圖

圖7.10　秦兵馬俑

心，行自奮之志」，「以六合為家，崤函為宮」。（〈過秦論〉）（六合，四方加上下，比喻全天下。）

　　秦始皇高傲的內心，從京師咸陽龐大的宮殿地域上，可以反照出來。這樣的京師地理空間，在中國歷史上是空前絕後的。它顯示了在中國歷史上巨大轉折期的時代精神。看到地上，再想地下，秦始皇將千軍萬馬（兵馬俑）埋伏在地下，就不足為奇了（圖7.10）。

　　有人認為，在看似混亂的咸陽宮殿群中，也存在一條核心軸線，它在偏西的位置，跨過咸陽橋，穿過阿房宮。另外，在咸陽東北部涇、渭兩條河流交匯的三角地帶，修建有六國宮殿，仿效東方建築式樣。這是建築審美發展的反映。

兩個長安城

中國歷史上有兩個長安城，一個是西漢時代的，另一個是唐代的。兩個長安城都是大王朝的都城，都很壯觀。

長安，這個名字又大氣又吉祥，那它是不是專為京師起的名字？不是，原來在那個地方有一個小聚落，名字就叫長安。後來在這裏修建大都城，就沿用了這個名字。當然，如果原來的名字不好聽，也不會接着用。

兩個長安城，因為時代不同，很不一樣。這裏提出三點不同。

第一個不同：建設過程不一樣。

西漢的長安城是劉邦的時候開始建設的，當時這裏並不是空地，還殘留着幾座秦朝的舊宮殿，劉邦是草根出身，還沒有養成奢華的習慣，只是命人把秦朝舊宮殿裝修一下，當作自己的宮殿，就在裏面做起了皇上，而長安城的歷史也由此掀開。

劉邦修繕的第一座宮殿叫長樂宮，不久又在它的附近修建了全新的未央宮、北宮，這位漢高祖見過的長安城，主要就是這幾座宮殿。

到了劉邦的兒子惠帝的時候，因為北方匈奴的威脅日益嚴重，為了加強防衞，在長安修起一圈城牆，把已有

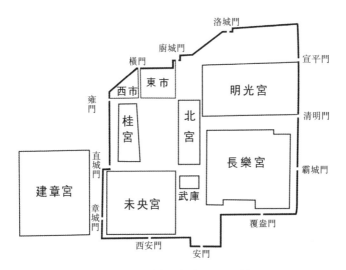

圖7.11 漢武帝長安城平面示意圖

的城區都保護起來。這樣長安城便有了城牆，而這道可見的城圍又成為長安城的輪廓形狀。後世人們討論漢長安的樣子，都是就着這個形狀而大發議論的。他們所議論的長安城形狀的「深意」，是否和惠帝想的一樣，卻很難說了。

漢武帝雄才大略，朝廷也積攢了財力，於是進一步大建宮殿，先後修了桂宮、明光宮等，幾乎把城牆裏面的地面都佔滿了。但還不夠，漢武帝又下令在西牆外面修建了巨大的建章宮。長安城的大建設到此算是基本結束了。今天我們在許多書上看見的漢長安城平面圖，畫的就是漢武帝時的樣子（圖7.11）。這幅圖畫的長安城，不但劉邦、呂后沒見過，文帝、景帝也都沒見過。從劉邦

的時候算起，它的建設，由幾個皇帝接力，斷斷續續九十來年。

唐長安的情況就不一樣了。唐長安城是隋朝建設起來的，當時叫大興城。那是隋文帝的時候，由將作大匠（相當於建設部總工程師）宇文凱主持規劃建設而成的。一次規劃，一次建設，一次成形，是這座城市的特點。唐朝取代隋朝，現成的大興城接着用，但把名字改為長安。唐太宗、武則天、唐玄宗在這裏坐天下，開出長治久安的唐朝盛世（圖7.12）。

漢代的長安城，因為最開始沒有長遠規劃，後來的建設也都是因時制宜，所以最後形成的樣子缺乏整齊端正的景觀。而隋唐長安城的建設，雖說從頭到尾也用了一些年，但它是一次性全面規劃，並按圖實施而建成的，所以有整齊劃一的城市景觀。把兩幅平面圖對比起來看，這個差別很明顯。這就是要說的第二個不同。

城市是方形或者不是方形，有甚麼關係嗎？或者說，把城市修建得方方正正有甚麼用處呢？首先，方形帶來清楚的空間秩序，容易利用城市整體格局設置禮儀方位，比如太廟要在東邊，社稷壇要在西邊等等。而在所有禮儀方位中，最重要的是城市中軸線。中軸線要達到左右對稱的效果，就必須要方形城市。中國古代不但要擇中立國，還講究擇中立宮。皇帝的朝宮正殿面南背北，坐落在全城的中心線上，正體現了皇帝的唯我獨尊。隋唐（大興）長安是第一個具有中軸線的統一王朝的大都城。後來的宋開封、元大都、明清北京城，都有中軸

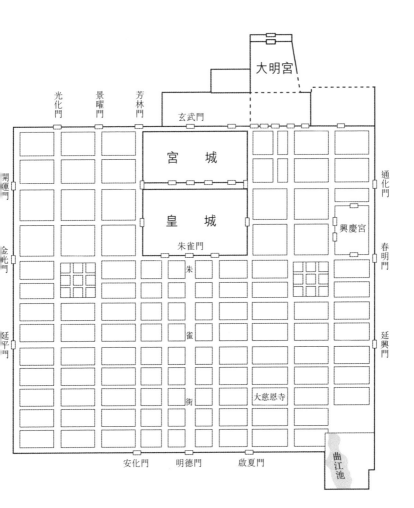

圖7.12 唐長安城平面示意圖

線，不用説，它們的城市輪廓都是方形的。當然，橫平豎直的街道格局對於城市百姓的活動也很方便，比如找路，就一點也不麻煩。

第三個不同處是關於居民區的。

漢長安城裏當然有許多百姓，但他們的房屋院落在哪裏，沒有古書文字説得清楚。從地圖上看，長安城裏絕大部分地面都被宮殿佔了，留下的空地真是不多了。所以學者們推斷，一定有許多百姓的居住院落在城牆的外面。在城牆外面沒有關係，只要不是離得太遠，都算是長安城的人。

漢代的長安居民過了很長的太平盛世的日子，人們的道德也都培養得不錯。《漢書》裏面記載了一件事。

昌邑王劉賀（就是那個在墓中陪葬了很多財寶的海昏侯）手下有一位中尉叫王吉（字子陽），「始吉少時學問，居長安。東家有大棗樹垂吉庭中，吉婦取棗以啖吉。吉後知之，乃去婦。東家聞而欲伐其樹，鄰里共止之，因固請吉令還婦。里中為之語曰：『東家有樹，王陽婦去；東家棗完，去婦復還。』其勵志如此」。（《漢書》卷七十二。學問：讀書。啖〔dàn〕：給人吃。王陽是王子陽的簡稱。）

讀了這個故事，我們感到，王吉與東家共享的其實不是棗樹，而是道德。這個勵志故事影響還不小，後來宋朝著名詩人辛棄疾有一首七絕〈和郭逢道韻〉，就是借用了王吉啖棗的典故：「棗樹平生嘆子陽，里歌雖短意偏長。東家昨夜梅花發，愧我分他一半香。」辛棄疾詩中的東家鄰居種的不是棗樹，是梅花，所以與東家共享梅香。

這段故事是很難得的一條關於漢長安城市生活的記錄，畢竟時間太久，所以沒有多少漢長安的民間故事流傳下來，但是關於唐朝長安城的生活情景的記載就有很多了。

先了解一下唐代長安城居民區的樣子。在唐長安城的平面圖上可以看到，城市的街道是十分整齊的，而由整齊的街道又分割出很多整齊的街區。這裏不像漢長安那樣把絕大部分城市空間給宮殿，皇帝活動的地方只在城市的北半部，城市南面的廣闊空間都給了百姓做居民區。這些居民區稱為「坊」。好幾十座坊都是整整齊齊排列着，想必在規劃圖紙上是拿着尺子畫出來的，而工匠們在施工的時候也一定是相當認真，所以才有這樣的景觀。

這些整齊的方格網狀的街區結構，引起唐朝詩人的注意，比如白居易在〈登觀音台望城〉中就寫道：「百千家似圍棋局，十二街如種菜畦。」

坊區表面的樣子雖然很類似，但裏面的活動內容卻是多種多樣。多數坊是一般百姓生活居住的，但有的坊被修建成大寺院，還有的坊被當作演兵場。坊裏面還有開旅店的，一些進京趕考的士子們常常到這裏租住。有一個考生，年年來考，屢敗屢戰，都住在同一個主人那裏。他有兩句詩留下來：「年年下第東歸去，羞見長安舊主人。」（豆盧復，〈落第歸鄉留別長安主人〉）

考中的士子當然很是得意了，得意的人更要作詩。看看孟郊的〈登科後〉是怎麼寫的：「昔日齷齪不足誇，今朝放蕩思無涯。春風得意馬蹄疾，一日看盡長安花。」

放馬在長安大街上疾馳是可以的，但必須是在白

天，到了晚上，卻都要縮回家去。唐長安城的管理是很嚴的。這裏再引幾句唐詩（唐朝詩人真好，他們對甚麼都作詩，給我們留下很多美妙的記錄）。李賀在〈官街鼓〉中寫道：「曉聲隆隆催轉日，暮聲隆隆呼月出。」另有人在詩中稱：「六街鼓絕行人歇，九衢茫茫空有月。」詩句裏面講的是甚麼事呢？原來，唐長安城圖上畫的那些方塊的坊，都是有圍牆的。大的坊四面開門，小的坊只有兩面開門，門口都有門吏把守，負責啓閉。早上要敲響城鼓，坊門開啓，居民才能出來，傍晚城鼓又敲起，卻要關閉坊門了，居民們都要回到坊裏歇下。所以晚上的長安大街上，空空蕩蕩，而月色則顯得更加清淨了。

除了月色，長安的夕陽也很美。有一位長安居民，叫李商隱，一天的傍晚，心情煩悶，於是乘車到城內東南部的一塊高地上去眺望夕陽。為此他也作了詩：「向晚意不適，驅車登古原。夕陽無限好，只是近黃昏。」這首詩寫了心情，寫了美景，成為佳句，流傳至今。

今天，你也可以仿照李商隱到西安市的東南部去眺望夕陽。你會發現，在西安看夕陽，落日不在山頭，而是在平原之上，所以顯得又大又圓。

漢長安城在今天西安市的西北部，遺址範圍內沒有進行大規模建設，許多地點都可以辨認。唐長安城卻正好在西安市中心區的下面，遺址範圍內現代高樓林立，除了幾座古建築，如大明宮遺址、興慶宮遺址、大雁塔、小雁塔等，大部分地點已經很難辨認了。

生活大變的宋代城市

到了宋代，社會經濟文化大發展，引發了城市的大變化。

原來那種封閉的居民區，也就是里坊制度，解體了。居民們上大街不必受到時間的限制，想甚麼時候出門就甚麼時候出門，想哪個時辰回家就哪個時辰回家。另外，大街上也熱鬧起來，商人們開店舖，做買賣，不必都集中在封閉的「市」裏面，他們可以沿街開店了。所以，逛街真正成了有樂趣的活動。還有，過去逛「市」，到了傍晚，就結束了，商家收攤，顧客趕着回家，因為全城都要宵禁了。而現在，官家不再有時間限令，「夜市直至三更盡，才五更，又復開張。如耍鬧去處，通曉不絕。…… 冬月雖大風雪陰雨，亦有夜市」（《東京夢華錄》）。像《清明上河圖》所畫的那種沿街的繁華景象，在以前是不可能出現的（圖7.13）。

宋朝的首都，不再設在西部的關中盆地裏面，而是東移到大平原之上。這個時候，國家東部、東南部的經濟已經高度繁榮，王朝的經濟重心已經轉到東南部了。都城東移，符合歷史地理趨勢。

因為是在大平原上建立都城，都城的防衛形式就要

圖7.13 宋代張擇端《清明上河圖》(局部)

重新考慮一番了。平原地區，無險可依，四面八方都可
能有敵人殺過來，古人稱這樣的地方是「四戰之地」。因
為是在四戰之地，皇帝的宮殿就要擺在都城的中央，形成
四面守衛的格局。於是，從開封城開始，王朝的都城出
現了圈層結構。以後的元朝、明朝、清朝，都城都是圈
層結構，皇帝的宮殿在中央，幾道城牆，宮城、皇城、大
城，把皇宮護衛得嚴嚴實實(圖7.14)。

　　皇宮在三個圈層的裏面，這是一種既實用，又有寓
意的結構。實用性，是指防衛的嚴謹。寓意性，是指皇
帝在都城中心，就好像是居於天下之中，顯示了唯我獨尊
的天子地位。

　　作為宋朝首都，開封繁榮了一百六十來年。這種盛
況被畫家張擇端表現在著名的《清明上河圖》中。此外，
不少歷史文獻也記載過宋朝城市繁榮的細節。

　　讀一下這篇關於「瓦子」，也就是娛樂場所的短文。

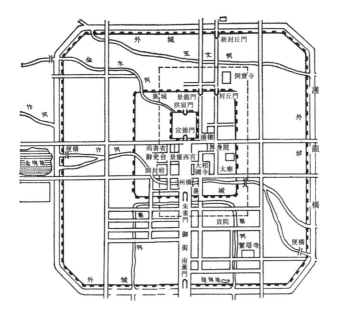

圖7.14 宋代開封城平面示意圖

閱讀窗

城市「瓦子」

　　曾幾何時，城裏是一個極為嚴肅的地方，君王在那兒「南面」端坐，周圍的宗廟威嚴、祭師冷酷、殺殉無情、鐘磬震撼，足令人戰慄匍匐。後來，社會開放，商人得了自由，遊手好玩的人也得了自由，彼此相聚城郭，致使城市買賣玩鬧氣氛大增。住在其中的君王，也有禁不住誘惑，「微服」出來玩耍的。放眼看一看中國城市發展史，至少有三次從肅清到繁華的變革高潮，一次在

春秋戰國，一次在北宋，還有一次可算是眼下。當然，三者的性質迥異，從怎樣的肅清變到怎樣的繁華，各不相同，而且「變」出來的東西的名稱也不一樣。

現在城裏花樣越來越多的晝夜玩鬧場所，如「俱樂部」、「夜總會」、「KTV」等，用一句千年老話說，都叫「瓦子」。不用說，今天為了吸引摩登青年，哪位老闆也不會用這個土名字，況且我們很多人也從來沒有聽說過這個難聽的古稱。

「瓦子」在宋代大興，它的出現標誌着一場城市生活、城市景觀變革的完成。在宋代以前，城內街道上一律不准開設店舖，假設我們在唐長安城大街上溜達，看到的只是一道牆又一道牆，索然無味。晚上想看看夜景，也是「九衢（街）茫茫空有月」，人影兒也沒有。長安城儘管人口不少，但不准有街頭買賣，更不准有夜間消費活動，想掙錢的商人真是氣死了。

變化始於唐朝末年，到了北宋，既成事實，皇帝下詔，承認現狀。於是，大街上店舖櫛比，熙熙攘攘。大小商販都有了好心情，人人大顯身手。在大城市裏（比如開封），一類固定的聚會玩鬧場所也在熱鬧地點出現。這種固定的玩鬧場所就叫「瓦子」。

為甚麼叫「瓦子」？是因為當時沒有一個現成的名稱好用，不像我們今天，可以從已然玩鬧起來的洋人那裏「引進」一些名字來。古人沒有參考名稱，只好自己去想。他們發現這類玩鬧之徒忽聚忽散，猶如磚瓦之屬，便將其聚會玩鬧的場所稱作「瓦舍」或「瓦子」。南宋末

年吳自牧在《夢粱錄》卷十九中寫道:「瓦舍者,謂其來者瓦合,去時瓦解之義,易聚易散也。」

「瓦子」裏玩鬧的項目很多,都有雜貨零賣及酒食之處,還有相撲、影戲、雜劇、傀儡、唱賺、踢弄、背商謎、學鄉談等表演,人們進去了,會有不少享樂,也要花費不少的錢兩。「瓦子」原在北宋盛行,汴京(開封)城內有五十多家。到了南宋,臨安(今杭州)城內外也有瓦舍 24 家,名字都叫 ×× 瓦,其中以眾安橋的北瓦最大。

有一事很有意思,據古人的細心觀察,在這些熱鬧的地方,連蚊子都沒有。古人的解釋是:「蚊蚋惡油,而馬行人物嘈雜,燈火照天,每至四更鼓罷,故永絕蚊蚋。」(《鐵圍山叢談》卷四)就是說,這些地方滿地流油,人馬亂叫,燈火晃眼,沒有了蚊子喜好的生態環境,於是蚊子只好絕跡。

總的來說,「瓦子」的出現是好事。城市普通娛樂業的興旺,標誌着普通市民階層的壯大與城市生活、城市經濟的活躍。人住在城裏不能死死板板的。不過,「瓦子」也有弊端,吳自牧說:「瓦子」為「士庶放蕩不羈之所,亦為子弟流連破壞之門」。意思是不諳世事的「子弟」們,在「瓦子」裏流連忘返,會破壞了自己的前程。

在「瓦子」裏毀了自己的豈止是「子弟」們,就連佛門的「師姑」也有逐俗忘本的。宋代開封相國寺,規模宏大,「中庭兩廡可容萬人」。在經商大潮中,和尚們守不住佛祖,大開廟門,「凡商旅交易,皆萃其中」。原本

佛門清靜之地，此時可好，「大三門上」皆蹲着「飛禽貓犬之類」，佛殿旁邊有孟家道院的「王道人蜜煎」，兩廊之下還翩翩立着各寺的「師姑」，前來兜售她們的「繡作」，此外「戲劇女樂」也開了進來。如此熱鬧還像甚麼佛界，難怪有人驚呼：「東京相國寺，乃瓦市也！」

相國寺的事提醒我們，「瓦市」這類現象，對城市秩序的腐蝕力最大，無論你怎樣規劃，「瓦市」依舊到處蔓延。稍不留神，你的牆裏牆外就成了「瓦市」。如果最終我們的名勝古蹟、清靜園林也都蛻變為「瓦市」，那可就糟了。

有人認為，宋朝的精神面貌是文盛武弱，所以在軍事上不是北方民族政權的對手。終於，在1127年，金滅北宋，開封城被金朝佔領，成為金朝的南京。

金朝主要的都城是中都，即今天北京城的前身。為了建設中都的宮殿，金朝曾經把開封原來宋朝宮殿的建築材料拆卸下來，裝車北運，去建設中都。

金中都城的建立，在中國城市發展史上有一個重要的意義，那就是，它標誌着北京城作為王朝首都的起始點。今天我們講，北京有三千多年的建城史、八百多年的建都史。建城史的起點是西周初年分封的薊國首都薊城，建都史的起點，就是金中都。

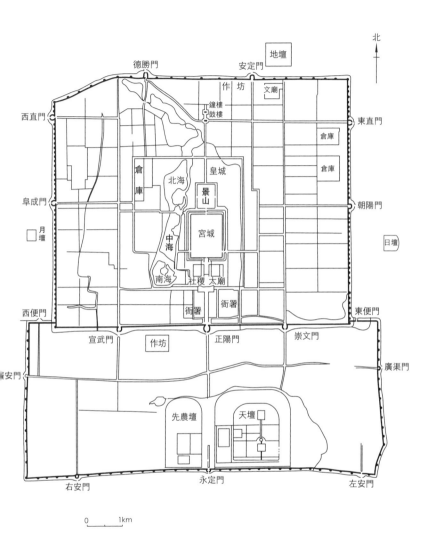

北

地壇

德勝門　　安定門

作坊

文廟

西直門　　　　　　　　　　　　　　東直門

鐘樓
鼓樓

倉庫

皇城　　　　　倉庫

倉庫
北海　　景山

阜成門　　　　　　　　　　　　　　朝陽門

宮城

月壇　　　　　　　　　　　　　　　日壇

中海

社稷　太廟
南海

衙署　衙署

西便門　　　　　　　　　　　　　　東便門

宣武門　　作坊　　正陽門　　崇文門

廣渠門

安門

先農壇　　天壇

右安門　　永定門　　左安門

0　　1km

圖7.15　明清北京城平面示意圖

北京城的中軸線

　　北京城是王朝時代的最後一座都城，從金朝開始，歷經元朝、明朝、清朝，辛亥革命後也做過十幾年的都城，今天仍然是國家首都，總算起來，已經有八百六十多年的建都歷史。

　　北京城的形態在歷史上幾經變化，明清時代的北京，是它最後的樣子。作為帝都，它的地理空間具有十分突出的特色（圖7.15）。

　　地理學家說，像城市這種大型人文空間，會存在結構特點，也就是說，城市空間內部會有區位差異。以北京城為例，這是傳統北京城的空間結構。現在年輕人可能不熟悉這個圖形，年紀大一些的人都會記得北京城的這個樣子。在老一代人的腦子裏頭，永遠會印着這張北京城的地圖，甚至在今天的生活中，仍然參照這個框架。說北京的地點，他們總願意說，「阜成門內」、「德勝門裏」、「崇文門外」等等。從這些門的外面到城中心去，他們常常說：「我今天進城去。」年輕人會笑，「城在哪兒啊」？城，就在老人的心中。

　　在北京城的平面圖上，可以看出幾個重要特徵，它們都具有文化含義。

皇城

　　紫禁城是核心部分，有一圈城牆圍着。它的外面又有一圈城牆，叫皇城。皇城的城牆並不高大，與一般所說的城牆不一樣，大家一定見過，但可能沒有意識到它是皇城的城牆。天安門兩側的紅牆，它就是皇城城牆，在中南海的南側也可以看到（圖7.16）。

　　皇城城牆也是一圈。在北京，常聽説有二環路、三環路、四環路等，那麼一環路呢？一環路在哪兒？北京當然有一環路，它大體就是沿着皇城的一圈道路。20世紀50、60年代，北京的4路公共汽車就是沿着這條一環路，轉着圈走。後來4路車的路線被調整，只走長安街，與1路車沒有多大區別了。現在人們不大説一環路，但事情明擺着，沒有一環路，哪來二環路？過去北京有一個很有名的體育活動，叫「春節環城賽跑」，這條環城賽跑的路線，就是一環路。它從天安門廣場起始，經過西單、平安里、張自忠路、東單，最後回到天安門廣場（圖7.17）。

　　北京二環路的位置上本來有大城的城牆，後來拆掉城牆修建了地鐵。這個變化大家都知道。從紫禁城向外，我們看到一組圈層結構，有三圈。明朝中葉，本想在外面再修一圈城牆，因為經費問題，只修建了南面，北京城於是成為凸字形。這個形狀在老北京人的心中，不可磨滅。

圖7.16 明清北京城皇城城牆遺址

閱讀窗

北京飯店貴賓樓

如果在北京王府井，可以注意一下北京飯店貴賓樓。北京飯店是由新舊四個時代的樓房共同組合起來的。最東邊的是上世紀 70 年代建的，那時候外國來賓越來越多，所以擴建了一個米黃色的高樓。中間一部分是最老的樓房，具有近代建築的風格。西邊是北京飯店最新的部分，是「文革」結束以後修建的，稱為北京飯店貴賓樓。需要注意的是，貴賓樓前面有一小段紅牆，恰好擋在貴賓樓大門的正前方。貴賓樓最初的設計不是這樣，原計劃是要把這段紅牆拆除，使貴賓樓的大門亮在長安街上。這小段紅牆是甚麼呢？它是明清北京皇城的城牆。聽說要拆掉皇城城牆，遭到了社會上很多人士的反對。他們呼籲說：這是北京留下的珍貴的皇城遺址，不應把它拆掉。最後，建設方接受了大眾的意見，紅牆留了下來，但是遮住了貴賓樓的大門，形成今天的樣子。

中軸線

再看城市中軸線。在地圖上，從鐘鼓樓向南，可以看到很清楚的一條由南北大道和一系列宮殿組成的建築軸線，一直貫通到永定門。原來的永定門被拆除了，現在所見到的是重新修建的。為甚麼要把它重新修起來呢？它是北京城中軸線南端的標誌，很重要。鐘樓是北京中軸線的北端終點，永定門是南端終點，現在這兩個端點都齊了。

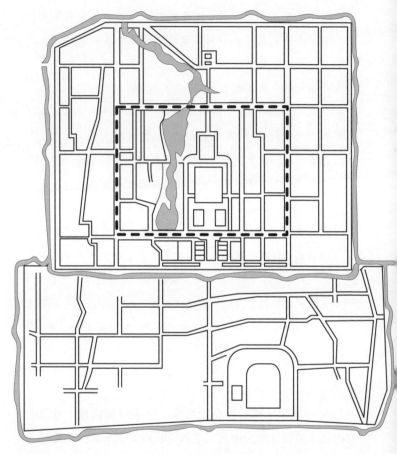

圖 7.17　20 世紀 50、60 年代北京城的環路示意圖，這條環路相當於一環路

建築空間結構的中軸線，是中國傳統文化中一個非常關鍵的東西，在許多古代建築群中，都可以看到中軸線。大家再去看北京城中軸線的時候，可以注意一下地面。地面中央線上鋪的石板是與眾不同的，比較寬大，和兩邊不一樣。在前門的城門洞裏，在天安門廣場上，在天安門門洞裏，一路進故宮，再到太和殿的前面，你都可以看見中央線上特殊的石板。這是城市中軸線的精確的地面標誌，十分清楚。現在，這條中軸線已經向北延伸到奧運賽場的核心地段，它經行鳥巢與水立方之間，在那裏的地面上，也可以看到由特殊寬大石板鋪出來的中央線（圖7.18）。北京城的中軸線象徵城市最崇高的軸心，將奧運場館放在中軸線上，意味着北京對奧運會的敬重。

在中軸線上有甚麼固定的東西嗎？有宮殿建築，有大門，有通道。有甚麼人的位置固定在中軸線上嗎？有，只有一個，那是皇帝的寶座，皇帝的盤龍寶座就放置在太和殿的中央線上（圖7.19）。皇帝上朝，端坐在紫禁城的中軸線上，就是坐在北京城的中軸線上，也就是坐在「天下」之中。這是中軸線的厲害所在。在傳統北京城裏，中軸線上不允許設立第二個人的位置。

在傳統北京城，文武分東西，這也是傳統文化區位特點。北京城裏最重要的文化機構，如國子監、孔廟、貢院、皇史宬等，都坐落在東城。在中國人的傳統觀念中，東邊主文，西邊主武。前門兩方原來各有一個城門，東邊的叫崇文門，西邊的叫宣武門。刑部、殺人的法場都在西部。原來在天安門的兩側，各有一座門，長

圖7.18　鳥巢與水立方之間的城市中軸線延長部分的地面

圖7.19　紫禁城太和殿皇帝的寶座就坐落在中軸線上

安左門在東邊，長安右門在西邊。科舉金榜題名，走長安左門，春風得意。倒霉的犯人則要推出長安西門，到法場受刑。

紫禁城的空間節奏

看看故宮，也就是明清時代的紫禁城，那是刻意設計出來的帝王空間，文化含量很大。

對於空間的佈置與利用，有一種手法是體現在建築與建築的距離上。故宮裏面有空間節奏變化，用來凸顯重要的建築。

從天安門到神武門（原稱玄武門），是紫禁城的中軸線。在這個軸線上的建築物的間距並不均衡，這個現象不是偶然出現的。

首先從天安門進去，馬上是端門，距離很短。距離短，説明你面前的東西不是那麼了不起。因為空間距離要起到襯托作用，大的距離，襯托偉大的東西。

進了端門，出現了大距離的空間，因為面對的是午門。午門是紫禁城的正門，當然要烘托氣氛。順便説一下，在中國古代，圓的門洞不如方的門洞級別高。天安門、端門都是圓門洞，而午門是方門洞。這些空間話語在告訴前來膜拜的人們，爾等將要進入一個非常重要的門闕了。

進入午門，又是一個短距離，面前是太和門，太和門很小，它要反襯一個至高者的出現。進了太和門，是紫禁城中最巨大的空間，遠方一座高大宏偉的宮殿，這就

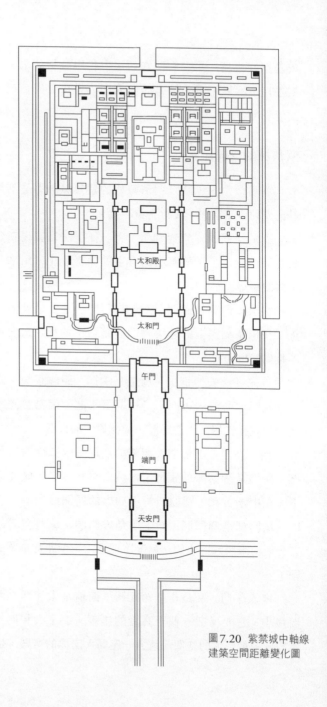

太和殿

太和門

午門

端門

天安門

圖 7.20 紫禁城中軸線
建築空間距離變化圖

是紫禁城裏最重要的金鑾寶殿 —— 太和殿。

在這條軸線上，空間的大小伸縮變化，給人一收一放的感受。這是一種空間節奏，一節節把眼前的事物推上巔峰。這樣一組刻意設計的宮殿空間佈置，具有很高的皇權文化表現效力。這是古人運用空間語言的一個很經典的例子。

帝王陵墓

　　陵墓代表另一個世界，是逝者的世界，在那個世界裏也有建築，是生者世界的投影。

　　逝者世界的建築是往下去的，挖大坑（生者是建高台，往上去），皇帝越大，坑越深，百姓的墓坑很淺，就像他們活着的時候房子很矮一樣。

　　陵墓向下的建築並不是隨意的，也有制度。下面的建築有多大規模，都是與死者活着的時候的身份地位相對應的。同樣是皇帝，無能的皇帝與雄才大略的皇帝，其地下的建築也不一樣。雄才大略的皇帝的陵墓都是又深又大的。到咸陽，可以比較一下秦始皇的陵墓和秦二世的陵墓，猶如天壤之別，真是令人感慨！

　　大人物活着的時候有層層院落，死了之後也是棺槨相套，或多重墓室，與陽間用的是同一套文化觀念。棺槨套的越多，墓室越複雜，人的身份、地位就越顯得高。層層棺槨之間還要擺設不同的東西，生前喜歡的一些東西，如書、地圖、食物、禮器、樂器，甚至奏樂的人，都可以帶下去。逝者世界同樣是豐富多彩的。最厲害的人物，還要帶軍隊，比如秦始皇陵的兵馬俑。

陰、陽兩界，好像以大地的表面為鏡子，地下的世界相當於地上世界的倒影。秦始皇的地下世界現在還沒有全部呈現，一旦全部打開呈現，我們會看到那個世界同樣壯觀。秦始皇的地下世界有山河象徵，有人文珍寶，他企圖在那裏再建一個自然宇宙與政治帝國共存的完整世界。

司馬遷對秦始皇的地下世界是這樣描述的：

> 始皇初即位，穿治酈山，及並天下，天下徒送詣七十餘萬人，穿三泉，下銅而致槨，宮觀百官奇器珍怪徙藏滿之。令匠作機弩矢，有所穿近者輒射之。以水銀為百川江河大海，機相灌輸，上具天文，下具地理。以人魚膏為燭，度不滅者久之。二世曰：「先帝後宮非有子者，出焉不宜。」皆令從死，死者甚眾。葬既已下，或言工匠為機，臧皆知之，臧重即洩。大事畢，已臧，閉中羨，下外羨門，盡閉工匠臧者，無復出者。樹草木以象山。

（穿：鑿穿。三泉：地下三重泉，至很深處。下銅：意思是用銅的熔液填塞空隙。臧：同「藏」。機弩矢：能自動發射的弓弩。人魚：即娃娃魚。一說「人魚」即鯨魚。膏：油脂。從死：殉葬。羨〔yán〕：同「埏」字，墓道。樹：種植。）

城市紀念性景觀

在中國傳統城市中，很少見放射狀的街道，但在西方，放射狀的街道是許多大城市的特色。說街道，還只是說在表面上，如果往要害處看，中國傳統城市裏少見的是供大眾瞻仰的華麗建築或紀念物。西方的放射狀街道，都是以那些紀念物或標誌性建築為焦點「放射」出來的，人們站在不同方向的大街上，遠近都可以感到「焦點」的存在。這些大小不同的焦點，構成城市的空間層次。

在歐洲所謂巴洛克建築風潮盛行的時代，巴黎、羅馬等城市多經歷了一番「舊城改造」，而改造的重點，便有「焦點」的凸顯。意大利羅馬城的改建，是文藝復興的重大事件，裏面的波波羅廣場，中心立方尖碑，道路放射而出。法國巴黎凡爾賽宮十分壯麗，乃是由放射道路軸心組成的建築群，其設計特點對歐洲其他城市的規劃有很大誘惑力。德國的卡爾斯魯城（Karlsruhe），建於18世紀初，就是受凡爾賽宮規劃的影響，竟從王宮放射出去三十多條街道，王宮的尖頂，從三十多個方向均可遙望，令最高權力總在視覺之內。

1791年，法國人朗方（L'Enfant）為美國規劃首都華盛頓，一方面他要執行費城樹立的方格網（grid）模式，另一方面，又必須在首都聳立一批紀念物、象徵物。朗方的規劃，不是先畫出道路網，而是先確定重要建築與

廣場的梅花位置，再在它們之間設計放射狀直連通道。這些通道不只是供車輛行走，更重要的，用朗方自己的話說，是讓「視線暢通」。不用說，暢通的視線不會平白無故放出去，而都是要放射到紀念物、標誌物上。這些紀念標誌物，一個個蘊涵美感，美感裏面又包裹着權威力量。

華盛頓的街道，最終由方格網和焦點放射兩套街道疊成。可以想見，在這兩套街道的相交處，會形成許多銳角街口，車輛開到這裏，轉彎找路，都要仔細辨認，麻煩很大。但朗方寧肯這樣，為的是保留城市紀念性建築應有的焦點特徵。

西方城市生活中的紀念意識很強，因為是紀念意識，便很容易形成跨越時代的歷史積累，城市景觀富於很深的歷史層次。例如，沒有甚麼實用價值的羅馬時代的角鬥場遺址被世世代代保留，直到今天。

我們中國傳統城市的街道，都要橫平豎直，經緯不亂，一轉彎就是 90 度。《周禮・考工記》對都城奠定了規劃原則，九經九緯，五個方位，格局裏面包含很崇高的禮制，但沒有強調要把甚麼東西「亮」出來。許多威嚴的宮殿百姓們都知道，但一輩子也沒見過。不讓看，是中國皇帝做事的方式。

中國古代宮殿建築再好，百姓至多只能看到房頂，因為有圍牆擋着。「衙門口朝南開」，百姓們只知道這些。由於沒有多面欣賞的需要，皇帝的宮殿再講究，兩側山

牆也仍然是呆板的。行走在中國的傳統城市裏，一會兒是高牆，一會兒是鬧市，一會兒是宅門，一會兒是深巷，僅此而已。在這樣的城裏生活，會有甚麼景觀可以在人們心中凝固為崇高，並產生超越時代的價值呢？「金鑾寶殿」固然了不起，但大眾看不見，它只屬於同樣看不見的皇帝，而不屬於城市，不易轉化為城市紀念景觀。

在從傳統到現代的轉變中，中國城市經歷了一場「革命」，從建築材料到功能運作都有一番大變。於是問題也就來了，一方面，原有的東西沒有哪一個曾有「紀念物」的屬性而被想到保留。另一方面，時代的轉變又令所有的東西都可能成為具有歷史意義的紀念物。爭論由此而引發。

不過，由於城市的發達，城市生活在中國社會中至高地位的最終確立，中國人對永恆性的追求，也開始依託城市了。近些年，我們看到中國城市裏的紀念物在增多，紀念性在加強，許多東西被「亮」了出來，這是當代中國城市發展的一個重要特點。

紀念性的本質在於超越時代，越是超越時代，紀念性越強。歷史遺產景觀以其巨大的時代超越性，而最富有紀念性質。中國城市大多為歷史文化名城，祖先留下的遺產，我們可以好好利用一下了。

八

地圖與人

一位加拿大女地理學家安妮·戈德萊夫斯卡（Anne Godlewska）對於地圖，有這樣的體會：

地圖傳遞信息的方式是其最重要的影響力之一。相比於文字、語言、手勢等，地圖是身臨其境地閱讀而不是直線型的。也就是說，當我們想感觸我們周圍的世界時，我們才看地圖。

在某種程度上，看地圖跟你從高高的屋頂上俯瞰村落的方式極其相似。景觀和地圖的閱讀者會立刻尋找方向、比例尺、熟悉的符號或標誌並定位任何與自己的經歷或知識有聯繫的東西。當閱讀者的目光在地圖或景觀上移動時，甚至連眼睛運動的方式都相似。

「書本必須要打開並根據長期教導的形式和程序閱讀，而地圖的閱讀不僅直觀而且簡單。雖然良好的讀圖能力需要知識和技巧，但地圖的確能讓許多看不懂課本的人理解。」（〈地圖論〉，載蘇珊·漢森著《改變世界的十大地理思想》。）

今天的人們對於地圖，太習以為常了。但是地圖與人類到底有着怎樣的關係，還是需要認真想一想的。

空間表述

對空間做準確的認識，是人類生活中必須要做好的事情。甚麼是空間認識，就是把事物的空間位置關係看清楚。而更重要的是，自己看清楚了還不算，還要明明白白地告訴別人。這就是空間表述。

舉個生活中的例子，我們都有給人指路的經驗。指路，就是一種空間表述，做這個表述並不簡單，其中有風俗習慣的問題。有些地方的人習慣用東南西北來指路，另有些地方的人不講東西南北，只習慣講向左向右。你要是習慣東南西北，聽他講左右，你就亂了。有人習慣左右，你告訴他東南西北，他說他找不到北。我習慣用東南西北的方法，你告訴我向左向右，一拐兩拐還可以，三拐以上就亂了。

其實，不管是用甚麼指標來做空間表述，一個基本的困難是：我們的口頭語言是有限的。比如向朋友介紹房子的結構：一共150平方米，進門左轉是衛生間，再右轉是客廳，客廳右前方是廚房，客廳左邊向裏是書房，書房右邊是主臥⋯⋯這樣講，一會兒就暈了，說，說不清，聽，聽不明白，口頭語言已經不行了。此時，只要畫一張平面草圖，一切便赫然在目了。

圖8.1 金文中的「圖」字，很容易辨識

為了做好空間表述，人們終於發明了空間表述的特有方式：地圖。表述一個複雜的空間結構，必須依靠地圖語言，地圖具有清晰直觀的空間表述功能。描述居室是這樣，描述城市、國家、世界更是這樣。

中文古文字的「圖」字（圖8.1），在金文中還有其他變體。這個古文字，表示的是某種事物的空間佈局、結構。它很像是原始聚落的樣子，看來「圖」字和聚落空間的複雜化有密切關係，住的聚落變得複雜了，於是就需要圖示了。

我們已然沒有必要去設想沒有地圖的情景，因為它對於人類已經是基本的必需品了。在今天看來，地圖的基本價值其實還不是指路，而在於它是某一類知識的唯一講述方式和儲存方式。或者說，它是很多情況下必須使用的一種知識載體。知識在地圖上，是群體呈現的。我們平常使用的語言，表達能力固然很強，但它最適於的，

只是描述事情的前後關係，一旦要描述空間關係，要描述「共此時」的知識，困難就出現了。而地圖的方法，補上了這個缺陷。這是關鍵。

為了讓地圖能承載大範圍的空間知識，人類還進一步利用大腦高超的轉換能力，將眼前所見的具體而又遼闊的景觀、地形、山川、城郭等，微縮為抽象的掌上畫面，這又是一個重要發明。

用現代地理學家的術語說，地圖是對「所選擇的空間信息的結構性再現」。對「空間信息的結構性再現」，話顯得很高深，其實，地圖是極為質樸的東西。應該說，每一個生活着的人都要使用地圖，而每一個有生活能力的人，也都會畫一畫簡單的地圖。在街上問路，碰到耐心的人，他會用手指在一個方便的平面上，甚至乾脆在空氣裏，給你比畫出一幅路線圖。地圖專家們認為，這類比畫的圖示是人類最簡單的地圖，而在空氣中比畫的圖示則是壽命最短的地圖。

當然，也有壽命極長，時間達數千年的地圖。人類之使用地圖，肇始於沒有紙張，更沒有印刷術的遙遠世紀，那時的地圖可以畫在地上、石壁上（這兩類當然不能攜帶），以及皮子、木片、泥板、石板（這些還可以攜帶）等一切可以施展圖畫的東西上。在我國古代，有人為了表示地形的高下，還有用穀米堆成山丘形狀的做法，有些關於地圖的書籍，借用這個典故，稱為「聚米圖經」。可見，為了再現生活的環境大地，古人曾靈活機動地想了不少辦法。

中國最早的地圖

　　這裏說的「最早」，是指迄今所發現了的最早的地圖，而不是歷史上真正的第一幅地圖。第一幅地圖在哪裏，是不可能知道的。

　　1986年在甘肅省天水市一處叫放馬灘的地方，人們在修建房屋的時候，意外地發現一組戰國秦漢墓地。隨後考古學家進行了正規的發掘，出土了約四百多件文物。其中的一號墓中出土了七幅戰國末期的木板地圖，它們分別用墨線繪在4塊大小相似的木板的正反兩面上。這些木板長約26厘米，寬約15至18厘米，厚約1厘米。這些地圖依據考古發現的地點，被稱為放馬灘地圖。放馬灘地圖是目前所見到的中國最早的可攜帶地圖（圖8.2）。

　　放馬灘木板地圖所畫的內容，是戰國晚期秦國所屬的邽縣地區，有河流、山脈、道路、居民點（形狀的符號）等。圖上還有文字注記，對道里遠近、森林的分佈進行簡略的說明。地圖取上北下南的定位。

　　這七幅地圖可分為兩組，表現不同的地區。第一組是表現以邽縣為中心的渭河上游幾條支流所經的地帶。第二組表現的是燔史閉〔關〕（位於秦嶺與隴山的交匯處）周圍比較廣大的一塊地區。根據畫法和圖的磨損程度，

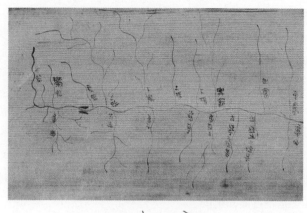

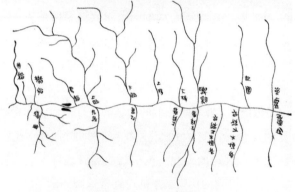

圖8.2 放馬灘出土地圖照片及摹本

考古學家判斷，第一組圖的繪製時間早於第二組。

　　放馬灘地圖的繪製特點，有以下兩點值得説。

　　一是以水系構成圖面的總體框架，兩個圖組都是如此。經對比，圖上所畫的水系與現代相應地區的水系圖基本相似。水系是最容易識別的地表網絡，所以在經緯

坐標發明以前，水系常常作為地圖編繪的基礎方位框架。首先把握住了水系，然後再確定其他地理要素與水系的相對位置關係，這樣，就可以畫出一幅比較準確的地圖了。

第二是地圖符號使用的成熟。地形、水系、居民點、交通線，這些現代地圖的四大要素，在這些地圖中都已有了相應的表示符號。小方框內加文字表示居民點，由線條表示河流與道路。地形方面主要是山脈，圖上以曲線表示山脊。圖中這些符號都是抽象的線條，而抽象化正是地圖語言成熟的標誌。

另一組重要的早期地圖是在長沙馬王堆墓葬遺址發現的幾幅地圖，它們的年齡也已經有兩千多年了。

1973年，因施工，在長沙郊區的馬王堆發現了幾座西漢時期的墓葬。在其中的第3號墓中發現了三幅畫在絲帛上的地圖。一幅是《地形圖》（又稱《西漢初期長沙國深平防區圖》），一幅是《駐軍圖》，還有一幅是《城邑圖》。其中《城邑圖》損壞嚴重，已很難做整體辨認，而另外二幅圖則保存尚可，經過仔細拼對，基本復原出圖上的內容。其中《地形圖》內容豐富，具有代表性（圖8.3）。

這幅《地形圖》長寬各96厘米，方位是上南下北，與後來上北下南的普遍做法不同。地圖表示的範圍主要是西漢初年所封的長沙國的南部，即湘江上源之一的深水（瀟水）流域、九嶷山、南嶺及附近地區。圖的最上部，也就是最南部，還有南海灣的一角。範圍真是不小！

圖中的基本內容有山脈、河流、道路、居民點等，四要素都齊了。其中水系畫得相當詳細，共有大小河流

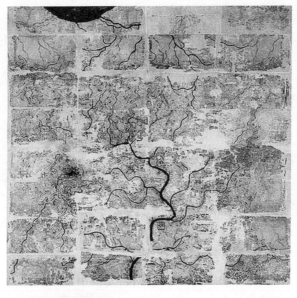

圖8.3 馬王堆出土《地形圖》照片及摹本

三十多條，有的還標注了名字。河流的上游線條細，下游線條變粗，很直觀。圖中主要部分的河流形勢，諸如彎曲部位、支流與主流的交匯點等，都接近今天的地圖。

圖上的居民點有八十多個，而且用方形符號和圓形符號表示不同的等級，方形符號代表縣級。圓形符號代表低一些的鄉級。名字都寫在符號裏面。

山脈的表現方法也很醒目，由折曲的閉合粗線條表示，以顯示峰巒的錯落。圖的主要區域幾乎為山系圍繞。

圖中道路有二十多條，縣城和重要的鄉里之間都有道路相連，一般用細線表示。

除了以上基本的四要素，還有一些特別的東西。

差不多在中部偏東(左)的位置，有一組柱狀的圖形，旁邊有兩個字「帝舜」。這就出場了一位聖賢人物。柱狀的圖形代表甚麼？學者們有不同的推測。有人認為那是九嶷山的符號，那些柱狀圖形表示高度不同的山峰。另一些人認為，據《水經注·湘水》的記載，九嶷山「南有舜廟，前有石碑，文字缺落，不可復識」。那麼，圖中的「帝舜」應該是指舜廟，那些柱狀圖形正是廟前的石碑。因為舜是聖賢，地位至重，所以在圖上特別標出。兩種觀點現在仍在爭論之中。(據湖南考古學家介紹，在相當於地圖「帝舜」這個地理位置，確實發現有古代建築遺址。)

上面介紹的兩種地圖都是在古人的墓葬中發現的，也就是說，它們是死者的陪葬品。他們為甚麼要這樣做？

在古人的理解中，人死去，並沒有徹底消失，而是到了另一個世界。所以，選擇物品隨葬，一是寄託對原來生活的留戀之情，另外，生命在另一個世界的持續，仍然需要這些重要的東西。地圖被選作隨葬品，說明它在這兩個方面的重要性。不過，與其說是逝者對於地圖的留戀，毋寧說是對地圖上表示的地區的留戀。這個地區一定在他們的人生中具有特殊的意義。

　　據研究，放馬灘墓葬的主人名字叫丹，曾在邦縣、燔史閉〔關〕一帶生活做事，這幾份地圖很可能就是他自己畫的，並與他的某些重要經歷有關，於是成為人生紀念性的物品。丹只是個基層的普通人，木板地圖也並不名貴，但對於他，已經不容忘懷了。

　　馬王堆地圖屬於當時作為長沙國丞相利倉的家族，長沙國是他們統治管理的獨立王國，當然屬於「核心價值」。絲帛地圖十分名貴，這既顯示了地理區域的重要性，也顯示了他們榮耀的社會地位，而更重要的，是象徵着他們對於這片區域的統治。

地圖與政治

稍有歷史知識的人都知道，秦始皇險些死於荊軻的
匕首之下。本該謹慎的秦始皇為甚麼這一次讓荊軻如此
近身，因為荊軻手裏拿着一張地圖。另外，劉邦大軍兵
破咸陽，武夫將士都去爭搶秦宮裏的金銀財寶，獨有政治
家蕭何埋頭收集地圖。這都説明，地圖於統一天下、治
理國家，至為重要。在中國古代，地圖乃軍國大事，歸
兵部的職方司管理。

特別是在早期歷史中，由於社會知識文本中地圖的
積累還很不夠，所以地圖的珍貴性更加明顯。在史家的
記載中，在出現政治軍事大事的時候，地圖常常在場。

《史記‧淮南衡山列傳》：「王日夜與伍被、左吳等案
輿地圖，部署兵所從入。」這是漢武帝時，淮南王劉安準
備謀反，日夜與謀臣策劃進軍路線的場景。

《漢書‧李陵傳》：漢武帝天漢二年 (公元前99年)，
漢將李陵「將其步卒五千人出居延，北行三十日，至浚稽
山 (在今蒙古國土拉河、鄂爾渾河上游以南一帶) 止營，
舉圖所過山川地形，使麾下騎陳步樂還以聞」。這是講漢
代名將李陵遠征匈奴時，一邊行軍，一邊觀察山川地形，

並畫成地圖，派人彙報朝廷。在這裏，地圖是頭等重要的軍事信息。

《後漢書‧馬援傳》：東漢建武八年(公元32年)，漢光武帝將要出征隗囂，「援因説隗囂將帥有土崩之勢，兵進有必破之狀。又於帝前聚米為山谷，指畫形勢，開示眾軍所從道徑往來，分析曲折，昭然可曉。帝曰：『虜在吾目中矣。』明旦，遂進軍至第一，囂眾大潰」。這是一段著名的故事。馬援與光武帝討論戰事，由於沒有現成的地圖，馬援用米堆成山谷地形的樣子，講解形勢，説明進軍路線，分析迂迴策略，講述十分清楚。漢光武帝聽後説道：「敵人都在我眼皮底下了。」第二天早上，進軍到「第一城」這個地方開戰，敵人大敗。

馬援急中生智，用穀米堆出地形，此事成為典故，後人常常引用。明朝人陳瑚作了一首關於地圖的詩〈李映碧廷尉遺地圖〉：

> 圖畫三川感慨多，邊陲風景近如何？
>
> 入關無復蕭丞相，聚米空思馬伏波。
>
> 兩戒一江橫似線，九州五嶽小於螺。
>
> 錯疑留守魂歸夜，風雨聲聲喚渡河。

(蕭丞相，就是蕭何，他隨劉邦進入關中之後，到秦朝的宮殿中蒐集地圖。馬伏波，就是馬援，馬援被封為伏波將軍。兩戒，唐朝一行和尚認為在大地上有兩條界線，一南一北。一江，長江。)

在古代，地圖很少，不是甚麼人都可以得到。所以對於很多人來講，認識一個地區，往往只是憑文字（或口頭）的描述。我們知道，這樣的描述，不清楚，不解決問題。對於政治家、特別是軍事家來說，一個沒有地圖、完全模糊的地方，簡直是無法涉足。對一個模糊區域做管理，不會有清楚的頭緒；到一個模糊的地區作戰，更是十分危險。在這樣的時代，有了地圖，幾乎是成功的一半。

當然，圍繞地圖發生的事情，並非總是政治，手執地圖者也並非只有政治家。尤其是到了歷史的中後期，地圖繪製已經比較普遍，特別是一些文人，可以自己獨立設計、繪製、編輯地圖，再加上印刷術的發明，簡單的地圖可以重複印制了。這樣地圖又有了文化作品的性質。

地圖不是中性的

中性，就是不偏不倚，地圖不是這樣的東西。

地圖可以説是人的一種空間表述方法，具有文化屬性。閱讀古今地圖，會在地圖裏面發現很多文化的內容。你有你的文化，我有我的文化，我們畫同一個空間範圍，同一個地區，因為我們有不同的文化，我們畫出來的空間內容是不一樣的。

另外，對於空間的表述、敘述，實際上還包含着一種話語權。這就扯到另外一個話題上了，這裏簡單説一下。敘述過程實際上是一個文化佔有過程，敘述完成了，文化佔有也隨之實現。舉兩幅上海地圖為例。

這兩幅上海地圖（圖8.4），是19世紀後半葉，分別由洋人和中國人畫的。中國人畫的上海，以縣城為主體，雖然這個時候的上海已經成為通商口岸，外國租界區已經出現，但中國人就是不畫。不畫租界區，表示不承認，表示中國人對上海的百分之百地擁有。而洋人畫的上海，把租界區畫得非常清楚，下面的圈是上海老城。似乎洋人畫得比較客觀，但仔細看，不然。洋人在城裏標注了教堂、醫院，但沒有縣太爺的衙門，其他一些中國人認為比較重要的東西也沒有。

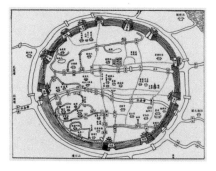

圖8.4　兩幅19世紀後半期繪製的上海地圖，左圖是中國人繪製的，
　　　右圖是洋人繪製的，所表現的內容很不一樣

　　兩幅圖的主要差異在於表示城內外信息的指標上。
中國人作圖，中心位置是縣衙，而在洋人圖中，在中央首
席位置的是大教堂與倫敦慈善會。洋圖將縣衙刪去，等
於無視中國主權的存在，無視中國政權的存在，別忘了，
當時還是清朝。另外，洋人用基督教堂取代中國寺廟，
這又是文化上的佔領。這是他們殖民主義政治、文化的
表現。

　　到底哪幅地圖代表真正的上海？看來，地圖編繪的
目的，不是在表現客觀事實，而是利用客觀事物來建構某
一種思想事實，表述某一種立場。兩幅上海地圖所表述
的空間性，即空間的社會屬性、文化屬性，是不一樣的。

　　我們再看世界地圖。

　　關於地球表面這個世界大空間，即使是最科學性的
經緯網絡，也並非如看起來那樣的公正。回顧歷史，在

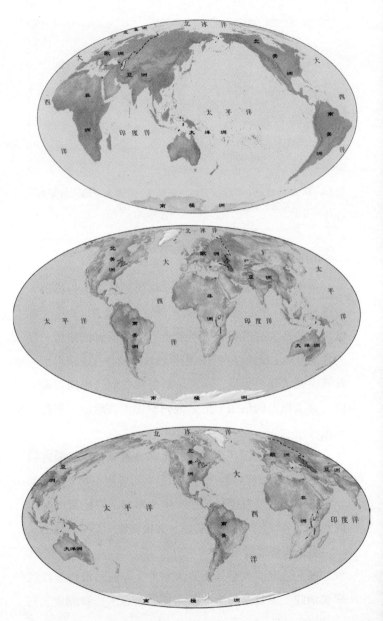

圖8.5 分別以亞洲、歐洲、美洲為中心的「世界地圖」(示意圖)

圖8.6 聯合國的圖標

設定本初子午線的位置時，古希臘人定在羅德島，而近代的英國人則定在格林威治。此外，還有許多不同國家的不同設定，反映了「以我為主」的立場。

比較一下不同國家編繪的世界地圖（圖8.5）。亞洲版世界地圖，這是我們最熟悉的世界模樣，亞洲在中間，這幅圖是亞洲人畫的。歐洲人畫的世界地圖，則把歐洲擺在中間，往東看是亞洲，往西看是大西洋，很直觀。那麼美國人怎麼畫呢？美國人的世界地圖是把美洲放在中間。歐亞大陸被分成左右兩半，擺在地圖兩邊，看起來很彆扭，亞洲與歐洲的關係並不直觀，圖面上左右兩端的地方看起來最遠，事實上是最近的。這些都是很實用的表述方法，給誰看，就以誰的視角為基準，把它放在最方便位置上。

那麼聯合國的世界地圖怎麼畫？聯合國不能站在亞

洲立場，也不能站在歐洲立場、美洲立場。所以聯合國的地圖不是隨便畫出來的，是動了一番腦筋的。好在地球是圓的，聯合國的世界地圖選擇的基準視角是北極圈，以北極圈為中心，來表現世界，以說明聯合國是最公正的（圖8.6）。

　　無論從哪個角度畫地球，在許多場合，世界就是那幅無言的地圖，是我們很熟悉的一個形象。如果上面再畫上一隻鴿子，小學生以上的人都會明白，這是在讚美世界和平。這裏，地圖已然脫離了它本來的意義，而上升為另一種符號。在許多莊嚴神聖的正式圖案中，都有地圖的形象，直接、簡單、明快地聲明事情的性質。

中國地圖上的長城

魯迅在〈長城〉一文中寫道:「偉大的長城!這工程,雖在地圖上也還有它的小像,凡是世界上稍有知識的人們,大概都知道的罷。」

我們中國人看自己國家的地圖,看到北方蜿蜒的長城的「小像」已經是習以為常了。不過細想一下,長城既不是自然的地貌形態,也不是人類的聚落、交通線,在地圖上畫它,確實有點特別。

比如一本丁文江、翁文灝、曾世英早年編纂的《中國分省新圖》(亞東圖書館1936年版的地圖集),前面的一幅《政治區域圖》上就畫有長城,可我們知道長城不是政區標誌;下一幅《地形總圖》上也有長城,而長城也不是地形;在隨後的《交通總圖》《重要礦產分佈圖》也都表示了長城,長城更不是礦產。這種無論甚麼圖上都標長城的做法,今天更是屢見不鮮。看來,長城已成為中國「底圖」上的一樣東西,無論是畫人文政治地圖,還是畫環境資源地圖,都要習慣地標上這樣一個「基本」的東西。

中國人畫長城的「習慣」是甚麼時候開始的?翻檢一下古代的地圖,我們發現宋代的一幅《華夷圖》上已經有了長城(圖8.7)。《華夷圖》是刻在一塊石板上(現藏西安

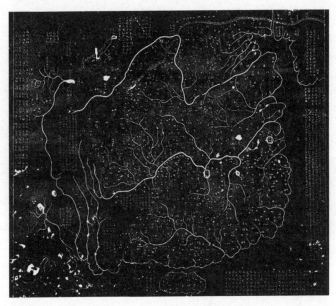

圖8.7　宋代《華夷圖》

碑林博物館），石板的另一面還刻有一幅《禹跡圖》，兩幅圖為同一年（1136）所刻，《禹跡圖》先刻，在石板正面，《華夷圖》晚刻幾個月，在背面。奇怪的是，所刻的《華夷圖》是倒刻，即頭朝下的，研究者據此認為這塊圖石不是供人觀覽的圖碑，而是供拓印用的圖石。

　　《禹跡圖》與《華夷圖》雖然大體上是同時刻上石板的，但面貌很不一樣，河流、海岸的畫法大為不同，可能有不同的來源。《禹跡圖》上面沒有長城，《華夷圖》上則不但華北有長城，西部的居延也有長城（這是漢長城的一段），符號取城牆上的垛口狀，一看就明白。這幅宋代

《華夷圖》是現在所見最早的標有長城的全國地圖之一。有學者推測，《華夷圖》很可能是根據唐代賈耽的《海內華夷圖》繪製的，但賈耽的《海內華夷圖》早已失傳，上面有沒有長城，已無法確知。

在今日尚存的其他宋代全國地圖上，大多也畫長城，如保存到今天的《歷代地理指掌圖》，是一部包含四十多幅地圖的地圖集，幾乎張張地圖都畫有長城。看來地圖上畫長城的做法至少在宋代就已經定型了。值得我們注意的是，宋代並不是一個修建長城或利用長城進行防禦的朝代，但宋人的地圖上卻普遍出現長城，這說明甚麼？

長城是一項偉大的人類歷史遺跡，它綿延甚遠，跨越巨大空間，地理表現直觀而強烈，繪製地圖的人幾乎無法迴避它，這可能是地圖上出現長城的基本原因。宋人詞中說：「三朝幸望人傾禱。壽與長城俱老。」（吳則禮，〈絳都春〉）前朝留下老長城，宋人時有感慨。但宋人詞中又說：「胡馬長驅三犯闕，誰作長城堅壁。萬國奔騰，兩宮幽陷，此恨何時雪。」（黃中輔，〈念奴嬌〉）宋人面對老長城，又不僅僅是懷古，北方「胡馬」（女真）威脅猶在，兩宮（徽欽二宗）幽陷未安，宋人希望長城「活」起來，以限胡馬而雪破國之恨。想像宋人在觀看地圖上的長城時，心情一定是不平靜的。據說南宋選德殿御座後金漆大屏的背上也有一幅《華夷圖》，這幅《華夷圖》上如果也繪有長城，則其意義之大就更加可觀了。

我們不知道契丹、女真人看到長城時的心情。傳世

的金朝《陝西五路之圖》中有長城，後來元、明、清各朝的地圖都有畫長城的，這漸漸成為一種不易的傳統。長城的軍事地理作用在中國歷史中時興時滅，有些王朝沒有修築也沒有使用過長城，但有關長城的認知、議論，借助長城而抒發的北方邊塞情感，如同長城的遺跡一樣，從沒有消失。從這個意義上說，長城一直活在中國人的心中。

長城是中國北方地理的一個重要象徵，在地圖上畫長城，中國人從不認為是多餘。從地圖的技術角度說，長城的走向比山脈清晰，比河流穩定，是難得的地理坐標。清康熙皇帝推進實測地圖的編製，在中國地圖發展史上具有劃時代意義，而其首次實驗性測量就是邀法國人白晉（Joachim Bouvet）從京師北部的長城地帶開始的。

如今，把長城列入中國地圖的「底圖」，其文化地理意義是最重要的。歷史常常把各種人類的創造物，在它們的使用功能喪失之後，轉入文化的範疇。在沒有戰爭的和平時代，人們發現長城蜿蜒的身軀與起伏的山脈結合得如此完美，這樣一個窮極視野尚不能盡收的獨一無二的文化景觀，在地圖上不表現則是一個缺憾。長城現已成為世界性的文化遺產，外國人編製的中國地圖，也要畫上長城的「小像」。長城在地圖上佔據了永恆的地位，正說明長城在人們的心中佔據了永恆的地位。

康熙《皇輿全覽圖》

　　康熙(愛新覺羅・玄燁)當皇帝61年，做了許多事情，這裏講他推動新式地圖繪製的事情。這件事，在中國地圖發展史上十分重要。

　　在中國古代，繪製地圖是很發達的一件事，各式各樣的地圖很多。不過，由於缺少好的測繪手段，那些地圖雖然精美，卻不夠準確。應該怎樣把地圖畫得準一些，古人有過很好的總結，比如魏晉時代的裴秀就提出了「製圖六體」，說明畫地圖時需要處理好地物方位、地形高低、道里曲折、圖面比例等麻煩問題。該說的差不多都說了，但是有一條，怎樣做測繪而獲得準確的原始數據，仍是一個沒有真正解決的問題。

　　地圖測繪，主要是弄準大地表面的距離，特別是直線距離，這一點在畫地圖的時候尤其重要。測量直線距離，近的還好說，遠的怎麼辦？用步測，用目測都是有限的。不可想像一個百里、千里見方的地區，用腳步或眼睛就可以測量出各地之間的距離。中國的江山何止百里、千里。

中國古代有一些利用「南北使正」「同日度影，得其差率」的辦法測量大地南北距離，但地圖上是全方位的距離關係，只有南北的數據是遠遠不夠的。

魏晉的裴秀、唐朝的賈耽都曾提出實際的一百里在圖面上只畫一寸的辦法，叫「計里畫方」，這應該是先進的比例尺思想。但如何在地上準確地卡出100里，然後再到圖上折成一寸的小距離，這還是問題。如果不知道準確的實際數字，就在地圖上折來折去，也還是準不了的。

到了明朝的時候，一些西方傳教士帶來了一些先進的經緯度測量和三角測量的方法，地圖測繪才開始改進。不過，洋人的測量方法只是局限在很小的人群裏。大多數中國文人滿足於傳統地圖，它們像畫一樣，好看，至於準不準嘛，看着差不多就行了，老祖宗不都是這樣嘛。這是既沒有主觀的需要，也沒有實踐的需求。還有，他們對經緯度測量那一套也弄不懂，就更沒有甚麼興趣。

這種情況到康熙皇帝的時候卻變了，原因之一是康熙皇帝本人喜歡數學，水平還很高。

康熙皇帝對西方傳教士還比較寬容，對他們講的新鮮奇怪的知識，也還聽得進去。特別是對一些「格物」的知識，即關於自然事物的知識，很感興趣。這裏主要說數學。

康熙腦子好使，本來就喜歡數字這種東西，因為常常擺弄數字玩，算盤打得很好，這在皇帝裏面實在少見。對於傳教士講的新鮮數學，康熙格外着迷，傳旨這班教士定時進宮講授。

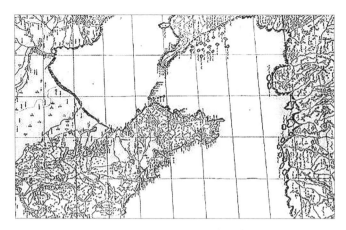

圖8.8 康熙《皇輿全覽圖》（局部）

　　最初，洋人在講西式數學時，沒有現成中文詞對
應，一會兒這麼說，一會兒那麼說，康熙聽得很費勁。
於是康熙自己想出一些術語，令教士們專事專用，這樣
講，清楚了許多。其中有些數學術語一直沿用到今天，
我們上數學課的時候，都學用過，比如「一元二次方程式」
中的元、次，就是康熙發明的詞兒。

　　康熙聽說傳教士們有精確測量法，可以編繪準確的
地圖，大為好奇。他先讓傳教士們在北京附近做一下小
範圍的實驗，測繪一下長城甚麼的，他對結果做了驗證，
認為的確可信。於是1708年正式頒旨，成立測繪班子，
由洋人指導，在全國範圍內進行測繪，並編製新的地圖。

　　這一次，測繪人員以天文觀測與星象三角測量方式
進行，獲得一手數據，然後採用梯形投影法繪製地圖，採

用比例是四十萬分之一。地圖於1718年初步完成。（由於蒙古準噶爾部尚未歸屬，當時新疆一帶沒有能詳細繪製，直至乾隆皇帝的時候，兩次派遣專人詳細考察，才最後補全。）新的地圖編製出來，稱作《皇輿全覽圖》（圖8.8）。地圖描繪範圍東北至庫頁島，東南至台灣，西至伊犁河，北至北海（貝加爾湖），南至崖州（今海南島）。這是中國第一幅比較準確的全國地圖。

可惜的是，這次地圖編繪，主要是滿足了康熙的個人興趣。這份高水平的全國地圖隨後被放入深宮，社會上並無人應用。儘管如此，這份康熙地圖仍然被寫進中國地圖史，而且有着非常重要的地位。

閱讀窗

康熙的兩件事

這裏介紹的康熙的第一件事情是培育優良稻種。

這件事是康熙自己記錄下來的。康熙親自撰寫過一本書，叫《幾暇格物編》。在這本書中康熙寫道：

> 豐澤園中有水田數區，布玉田穀種，歲至九月始刈獲登場。一日循行阡陌，時方六月下旬，穀穗方穎，忽見一科高出眾稻之上，實已堅好。因收藏其種，待來年驗其成熟之早否。明歲六月時，此種果先熟。從此生生不已，歲取千百。四十餘年以來，內膳所進皆此米也。（刈〔yì〕：割。穎：穗尖，剛露頭。）

康熙吃了幾十年自己培育的稻米，想必別有鍾愛。而那些在大內生活着的皇親國戚們，又有哪個敢說不好吃呢。不過，據說康熙培育出來的就是有名的「京西稻」，這種稻米若用玉泉山的泉水來煮，也真的是色味俱佳呢。

第二件事，康熙論證長白山與泰山的關係。這件事情卻不是那麼對頭了。

長白山是滿族信仰的聖山，在東北地區位列第一。當滿族統治者入主中原之後，要做一番文化整合的工作。其中就包括了山系的整合。這件事是康熙親自出馬做的。

康熙是這樣寫的：「地理家亦僅云泰山特起東方，張左右翼為障。總未根究泰山之龍，於何處發脈。朕細考形勢，深究地絡，遣人航海測量，知泰山實發龍於長白山也。」康熙的這一理論稱為「泰山龍脈論」。出於對長白山的敬重，康熙還下詔，將長白山的祭祀級別提高到嶽山的級別，也就是最高的等級。

大多滿漢臣工對康熙的「泰山龍脈論」是表示贊成的。他們認為自己大大受到了啟發，說：「聖祖仁皇帝御制〈泰山龍脈論〉，範水模山，大啟群蒙矣。」

泰山是華夏名山，為五嶽之尊，有「泰山為龍」的美譽，在政治文化上，有很崇高的象徵意義。為了將自己的統治與華夏正統對接，康熙提出長白山與泰山本是

一條龍系的說法。這樣說的目的就是用山系的一體化來隱喻政治的一統化。

康熙這樣講，在政治上自然無人敢反對，所以一直在朝廷中流行。但到了清室退位，民國建立以後，康熙理論的政治意義不再需要，於是新一代地理學家們從學術上，要來做一次糾錯的工作了。其中最有名的是地質地理學家翁文灝，他在 1925 年發表了一篇文章〈中國山脈考〉，裏面寫道：「前清帝者遂創為泰山導源長白之說，以自尊崇其發祥之地。一時學者亦殊無以難之。……在今日地質學觀之，則長白山與泰山，岩古時代成因蓋無一同者。」

翁文灝以全新的地質學理論，用現代科學的眼光，對山脈進行新的界定，所謂山脈，是由地質構造、歷史成因等因素構成，而不是看起來的樣子。新式科學理論的介入，標誌着關於泰山山脈的討論，終於擺脫政治的色彩，而朝純科學的研究前進了。